沈下橋

金原信彦
KANEHARA NOBUHIKO

幻冬舎 MC

沈下橋

目次

主な登場人物

葛岡哲也……渋沢製薬中央研究所研究員。肝疾患治療薬開発グループのリーダー
葛岡智志……哲也の父。高知県郡部の開業医
河本裕子……東勇会総合病院薬剤部副部長。元渋沢製薬本社学術部勤務
土屋慎一……渋沢製薬医薬品営業本部東京支店病院部課長・MR（医薬情報担当者）
奥貫和俊……渋沢製薬中央研究所所長
大隅武志……渋沢製薬医薬品営業本部東京支店支店長
黒田作造……東勇会総合病院院長
黒田逸造……東勇会総合病院副院長・神経内科部長。作造の息子
黒田和子……逸造の妻。元東勇会総合病院看護師

第一幕　邂逅

行政の河川用語では「潜水橋《せんすいきょう》」が公式名称であるその橋を、土佐の高知では「沈下《ちんか》橋《ばし》」と呼ぶ。

沈下橋は、各県で呼称は異なり、潜り橋、地獄橋、冠水橋《かんすいきょう》などとも呼ばれ、古くからわが国の河川に架けられており、その数は全国で四百を超える。

高知県では特に多く、無名の橋も含めると六十を超える沈下橋が存在する。

その床板は河川敷の土地と同じほどの高さとなっていて、水面からも近い。

台風や大雨など河川の増水時には水面下に沈んでしまうが、欄干もなくシンプルな造作のため、流されることはなく、水嵩が下がれば再び姿を現す。

一切の無駄を省き生活道路としての橋に徹した沈下橋は、土佐の風景に融け込み、美しく、どこか懐かしい。

初めてその姿を目にし、橋を渡ろうとすると、川に吸い込まれてしまいそうな気がして少し足がすくむが、一度渡ってしまえば、川や周りの自然との親和性の高いその姿にすっかり魅了されてしまう。

高知県の仁淀川《によどがわ》に架かる浅尾《あそお》沈下橋は、そばかすの少女がインターネット仮想世界で活躍する人気アニメ映画では、主人公が通学路に利用する橋として登場し、仁淀川の深いブルーとともに「聖地」として知られるようになり、訪れる人も多い。

その流域の集落では、水が引き、再び姿を現した沈下橋の上では、昔別れた人と再びめぐり合うことができるという言い伝えも知られている。

一九九四年三月

夢だということはわかっていた。

静まり返った十畳の和室の中央を斜め上から見下ろしている。

その部屋に敷かれた蒲団の横に、小さな男の子がきちんと正座をしている。

新調したグレーの制服に半ズボン姿で帽子を目深に被り、新しいランドセルを横に置いたまま、じっと俯いて一点を見つめ、正座の姿勢を崩さない。小学校の入学式から戻ったばかりの、華奢な少年の背中は震えているように見えた。

遅咲きの桜が連なる仁淀川沿道の麗らかさとは裏腹に、その部屋は硬く冷たい空気に満たされていた。

少年の視線の先には彼の母が横たわり、その顔は白い布で覆われていた。

いつの間にか家政婦のフミが後ろに座っていて、少年の肩に両の手を置き嗚咽を漏らしている。父は、脱いだ白衣を手にしたまま、口を真一文字に結び、どこともない中空をぼんやりと見つめている。

どうしようもない切なさ、悲しさ、恐ろしさに身動きできず、涙さえ出てこなかった。ただただじっと正座している子供の自分。どこか離れた所からその光景を眺めている大人になった自分の意識。それがいつの間にか同化している。

「待っているって言ったじゃないか……」

そう呟いて、彼はおもむろに小さな手を伸ばし母の顔から白い布を取る。

その場面で夢から覚め、葛岡哲也《くずおかてつや》は現実の自分が泣いていることに気がつく。

「また、同じ夢か」

何とも言いようのない切ない気持ちでそう呟いた。

最近、何度も見る夢だった。

そして、後からその場面を思い返してみても、取り去った白い布の下にあった母の顔はまったく思い浮かべることはできなかった。

そうしているうちに徐々に覚醒し、これは自分の経験ではなく、まったくの夢であると改めてはっきり自覚してくる。

哲也の母は、彼を出産してすぐに亡くなったので、実際にはこんな光景を彼が経験することはなかった。

彼は古い写真の中にある母の面影しか知らずに育った。

「少しばかり研究開発に躓《つまず》いて、落ち込んじまったのかな」

ベッドから半身を起こして哲也は呟いた。

繰り返し見る夢の原因をそう結論づけたが、彼が躓いたのは少しばかりではなかった。

アナログの目覚まし時計の針は五時五十五分を指していた。

ここのところ、セットした時間より五分ほど前に目が覚めてしまうことが多い。

普通なら目が覚めて少しすれば、夢の内容など忘れ去ってしまうのだが、さきほどの夢は最近何度も見るせいか、微細な風景やその場の妙に冷えた空気の感じまでしっかりと哲也の記憶に残っていた。

（早朝覚醒は軽症うつの特徴だったかな）

モスグリーンの遮光カーテンを開け、外の眩しさに目を細める。そのまま寝室の窓を開けると快晴だった。遠くに隅田川が穏やかに流れているのが見えた。

その晩、哲也は泥酔した。

少し前に、渋沢製薬中央研究所の同じ建屋にいる直属の上司、研究所所長の奥貫《おくぬき》和俊《かずとし》から、医薬品営業本部東京支店への異動の内示を内線電話一本で通告されたときには、まだ現実感がなかった。

そして三月上旬の今日、四月一日付けで人事異動が発令された。左遷といってもよいその辞令を見て、哲也は自分の置かれている立場の厳しさをはっきりと自覚した。

中央研究所所長の奥貫は、次の株主総会で取締役研究開発本部本部長に選任されることになった。代わって、研究開発のライバルである塚田耕治《つかだこうじ》が奥貫の後釜に座った。哲也は医薬品営業本部東京支店付学術担当という異動だった。研究者としてのラインを完全に外された左遷、降格人事だった。

（もう白衣を着ることもなくなる……）

その日は一人住まいのマンションにまっすぐ帰る気にはなれず、神田駅近くのビルの地下にある行きつけの小料理屋で痛飲した。

「葛岡さん、大丈夫？　今日はちょっとピッチが早すぎないですか。何かつまみを出しましょうか」

いつも愛想の良い小太りの店長が心配そうに声をかけた。

高知県出身の哲也は、アルコールはいくらでもいける口で顔にも態度にも出ないほうだが、立て続けに手酌で焼酎のロックを飲んだので（少し飲みすぎているかな）という自覚はあった。

「申し訳ない、ゆっくりやるよ。今日は何か良いのある？」

「そうっすね。高知は室戸の金目鯛が入ってます。あと、砂肝の唐揚げはどうですか。少し脂っ気を摂ったほうが良いでしょう」

そう言って、店長は笑顔を見せた。

それからほどなくして、膨らんだ紙袋をいくつも抱えた男性客が、哲也から一つ置いた薄暗い隅のカウンター席に座った。

鼻の下に髭を蓄え、仕立ての良いジャケットを着てはいるが、恐らく哲也と同年代であろう。店員との話しぶりから男は初めての客であること、紙袋から覗いた書籍から医療関係者らしいことが見て取れた。

その後、その男の顔すらはっきりと思い出せないほど酔ってしまったせいか、平素大人しい哲也には珍しく、後で思い出して思わず赤面したほどに、自分のやってきた研究についてどう思うかとあれこれ議論を吹っかけてしまった。

その客は、哲也に絡まれても気を悪くするふうでもなく、終始何か楽しそうで、噛みついてくる哲也を鬱陶しがらずに、一緒に議論を戦わせた。

まるで古くからの友人同士のじゃれ合いのような雰囲気だった。


哲也に呼び出され途中から現れた河本裕子《かわもとゆうこ》は、壊滅的にだらしなくなった哲也の体《てい》たらくに呆れ、男にぺこぺこと頭を下げ、詫びを入れた。

「気にしないでください。腕時計を忘れてきたのでついつい遅くまで楽しく話し込んでしまいました。優秀な研究者ですね。彼のように真摯な研究者が開発する薬のおかげで、私たちの臨床も成り立っているのですから。素晴らしい彼氏ですよ。仲良くなさってください」

男が帰り際にそう言うと、裕子はまんざらでもないふうに赤面した。

「彼氏じゃないですよ……元同僚……」

哲也が呂律《ろれつ》の回らない口を挿むと、裕子はぷっと頬っぺたを膨らませ、思いっきり哲也の腕をつねった。

「いててっ」

顔をしかめる哲也を見て男もおかしそうに笑った。

店を出る頃には、階段を上がる足取りも覚束《おぼつか》なくなっている哲也を、寄り添った裕子が支えた。

「あんなチョビ髭にペコペコすんなよー」

「何よ、こんなに酔っ払っちゃって、まったくだらしないんだから。研究開発に行き詰まったからって、落ち込まないでくださいね」

そう言われた哲也の表情が一瞬、素面《しらふ》に戻る。裕子もそれを瞬時に捉えた。

「研究開発しかないんだよ、俺には」

「ごめんなさい。あの、送るよ……葛岡さん」

一緒にタクシーに乗ろうとする裕子を、

「今日は一人でいい……」と言って哲也は押し返した。

「しょうがないなあ。まったく」

呟きながら裕子は、哲也をタクシーに押し込んだ。


時計は午前零時を回ろうとしている。

「心配しないでいいね〜」とか「結局明日は勝つ〜」とか、タクシーのラジオから流れてくる、アップテンポの歌が、やけに耳障りだった。

（心配しなくないよ、明日も勝たないよ……ったく……）

エアコンの風が、車のシートにまとわりついた煙草の臭いを増幅しているように感じられ、我慢ができなくなってくる。

「……ここらへんでも……結構ですから」

口元に手を当てたまま、くぐもった声でそう言って千円札を差し出すと、運転手は気分が悪そうな哲也の状況を察し、慌てた様子で車を路肩に寄せ停車した。

靖国通り、両国橋の手前だった。両国三丁目のマンションまでは橋を渡ってもう少し歩かなくてはならない。哲也は釣銭を受け取らずにタクシーを降り、一人でふらふらと歩き出した。

（少し飲みすぎたな。頭が痛い。口が渇く……）

両国橋に取りつけられた照明がぼやけて見えるのは、あたりが霧雨に煙っているせいなのか、飲みすぎのせいなのかもわからない。

三月上旬だったが、寒さは感じなかった。

道端の自動販売機で冷たいお茶を買い、口に含むと、少し気分がすっきりしてくる。

それでも橋の右前方に見える老舗のししなべ屋の看板や、右後ろに見えるケチャップ会社の鮮やかに赤いネオンサインも、何だかぼやっとして揺らいでいる。

とぼとぼと両国橋を歩いて渡る、痩身で少しくたびれたジャケットにチノパン姿の哲也の後ろ姿は、ずいぶんと頼りなげに見えた。百八十センチ近い長身で、鼻筋の通った顔にもかかわらず、あまり手をかけていないモッサリとした髪型。朝剃った髭はすでに青く目立って、ちょっと危なげで、三十四歳の哲也は疲れ果てた中年男のようにも見えた。

着るものやヘアスタイルにもっと気を遣ったらどうかと言ってくれる人も多くいた。あるいは哲也の風体《ふうてい》を見て、変人と天才は紙一重だなどと陰口を利く人がいるのもわかっていた。
（自分は天才でも紙一重などでもない。天才としか思えない優れた研究者を自分は何人も知っている。だが自分にはそこまでの才能なんてない。だからこそ風体なんぞに気をとられている暇などないと思って研究に没頭してきた。それなのに、こんな結果だなんて）

普段は酔って乱れることがほとんどなく、どちらかといえば飲むほどに無口になる哲也だったが、その晩は良い酒とは言えなかった。

タクシーを降りたときには霧雨だったが、ふらふらと歩いているうちに雨脚が強くなってきた。濡れついでかとも思ったが、両国橋の袂の親水遊歩道へ下りられる階段に目がいった。

哲也は親水遊歩道、通称『隅田川テラス』へ下りていった。酔いのせいも手伝って、なるようになれと、投げやりな気持ちだった。

両国橋を支える太いコンクリートの脚部につけられた照明で、隅田川テラスは深夜でもそこそこ明るい。哲也の立ち位置からは対岸の柳橋が見えた。

神田川は柳橋を越えて隅田川に注ぐ。この時間だともう柳橋に戻っていく屋形船の姿もない。両国橋の下の遊歩道は、橋と首都高六号線が頭上を走るため、雨からは完全に遮られていた。

この頃、新宿の都庁近辺を追われたホームレスたちは、主に浅草近辺の吾妻橋、駒形橋あたりの隅田川両岸の公園や遊歩道に集まってきて生活していた。

彼らの住み家、ブルーのビニールシートで覆われたテントが両国橋下にも二つ三つ点在していた。

哲也はテントを避け、遊歩道の乾いた場所に腰を下ろした。

目の前には雨で水嵩を増した墨田川が、もったりとうねっている。足元が明るい分、川面は恐ろしいように真っ黒く見え、流れていることすらわからない。その水は勝鬨橋を越えゆったりと東京湾に向かっていくのだろうと思う。

右手に見える浅草の明かりやネオンサインの華やかさが、遠くに見えるからか、何かもの哀しい。頭上を行き来する車の音が哲也の周囲の静けさを、かえって際立たせる。

(静かだな、静かで、何だかとても懐かしい感じだ)

黒く見える水面のうねりが、音の感じられない真っ黒く見える川の流れが、橋の下のこの湿った空気が、なぜだかどうしようもなく寂しかった。

ペットボトルに残ったお茶を口にし、ゆっくりと橋脚にもたれかかると、ふっと意識が遠のいた。そしてそのまま両国橋のコンクリートの橋脚の中に、すうっと身体が沈み込むような感じがした。

大学院で博士号を取ってから入社した哲也と、新卒薬剤師の裕子は、中堅医薬品メーカー、渋沢製薬の同僚だった。

新薬開発に没頭してきた三十四歳の研究員、葛岡哲也。明るく快活で、少々気の強い二十九歳の薬剤師、河本裕子。

哲也は墨田区にある研究所勤務、裕子は新宿区市ヶ谷の本社学術本部勤務であり、セクションは違っても連携を必要とするプロジェクト業務は多く、哲也の何が気に入ったのか、仕事以外のことでも裕子はよく相談を持ちかけてくるようになっていた。

「もっと直接病人の役に立っている実感がほしいの」

裕子が、病床数百五十床を超える中規模の総合病院の薬剤部への転職の話があることを哲也に相談してきたのはもう三年ほど前になる。

裕子から相談を持ちかけられたその日、二人はともに関わっているプロジェクトの研究発表会の終了後、会場となったホテルの最上階にあるラウンジで待ち合わせた。

アルコールがあまり強くない裕子は、カクテル半分ほどで頬を染めながら、現在の職場の陰湿な人間関係にも辟易としていること、転職してもよいと考えていること、そして東勇会総合病院が、将来性のある若手の薬剤師を探していることなどを哲也に打ち明けた。アルコールには目のない哲也は三杯目のスコッチウイスキーの水割りを口にし、ポリポリとぼさぼさの髪の毛を掻きながら、悪い話ではないと思った。

しかし、渡りに船じゃないかとはっきり言える雰囲気でもないと判断できるほどには、まだ素面に近かった。

「自分の思う通りにしたら良いと思う。大概の相談の結論は、自分自身が一番わかっているんだって心理学の先生が言っていたけれど」

哲也が御座なりにそう締めると、裕子は寂しそうに微笑み、窓の外に目を遣って独りごとのように呟いた。

「引き止めてはくれないんだね……」

（あっ）と哲也は思った。そして、裕子の気持ちに今まで気づかなかった、あるいは気がつかない振りをしてきた自分の気の弱さ、鈍感さを恥じた。

裕子はいつも背筋をまっすぐに伸ばし、前を向いて仕事に取り組んでいるように見え眩しかった。自分はそんな裕子の姿を同僚として信頼していただけではなく、いつも愛しくてたまらないと思っていたのではなかったか。そして、裕子もずっと哲也を見ていてくれた。一身上のことまで相談を持ちかけてきてくれた。それなのに自分は仕事仲間であるということを理由にして、そうした本当の気持ちを表すことに怯える臆病者だったのではないか。裕子は今哲也の目の前で進むべき道に迷っている。選択することの不安と寂しさを哲也だけにぶつけている。

(彼女のことだから、俺が何を言おうときっちり答えは出すだろう。けれどそんなことじゃないんだよな。そんなことじゃないんだ)

「そうじゃないんだ……」

今まで、女性に縁がなかったわけではない。人並みに恋をしたこともある。それでもこうした局面で、気持ちをはっきりと伝えられず、おろおろとうろたえている情けない自分に哲也は苛立ちを覚えた。

ふと視線をラウンジの窓のほうへそらすと、故郷高知の夜空とは対照的な、ダイヤモンドを散りばめたような一面の夜景が広がっていた。

「大切だからだよ。だから河本の選択を尊重したい。たとえ会社を離れることを選択しても、俺はずっと変わらない。これからも今まで以上に何でも相談してくれて構わない。そうじゃなきゃ困る。俺、河本のことを好きだから」

　そう言って、思わず哲也は裕子の手を握っていた。

「本当に……」

　泣かされた人のように潤んだ瞳を哲也に向け、握り返してきた裕子の手は小さく震えていた。

　その翌日、裕子は渋沢製薬に辞表を出した。

　そして、堅実な仕事振りを評価され、数年で東勇会総合病院の副薬剤部長に抜擢されていた。

　哲也は渋沢製薬に入社以来、中央研究所で、新薬開発一筋にやってきた。

そして今回、哲也がプロジェクトリーダーに抜擢され、力を入れてきた新薬は、最終段階のフェーズⅣ試験で躓き、開発が中断されようとしていた。

長い年月と多額の開発費をかけ、発売されれば年間最低でも数百億の売上げが見込まれる肝臓用剤。製品名を「レバガード」という。

一九九二年からウイルス性慢性肝炎の治療に認可された抗ウイルス薬インターフェロンは、慢性肝炎の治癒率を飛躍的に高めた。

インターフェロンとは日本の研究者によって発見された蛋白質の一種で、抗ウイルス作用、免疫調節作用などの生理活性を持つが、悪寒、発熱、全身倦怠感、うつ病などの強い副作用を伴うことも開発段階からわかっていた。

この欠点を補い、なおかつ相乗効果を期待できる内服薬として開発を進めてきたのがレバガードである。安全性の高い画期的な治療薬として、レバガードは開発段階から医学会、医薬品業界でも話題を呼んでいた。

ところが開発の最終段階で、慢性肝炎の治療薬でありながら、確率は非常に低いが肝機能が逆に悪化する副作用が発現することがわかった。

「開発は続行すべきです」

食い下がる哲也に所長の奥貫は目線を合わそうとしなかった。

白衣の腹のボタンがはじけそうに、でっぷりと太った身体を、所長室のプレジデントチェアに沈めて微動だにせず、目線をやや下に向け、ピクピクと頻回に瞬きを繰り返しながら、奥貫は言った。

「これ以上の予算は本社が認めない。ここまで来ての開発中断は本当に残念だ。だがインターフェロンの副作用を軽減しつつ相乗効果があるというキャッチの薬剤が、かえって肝機能を悪化させる副作用を出すようではまずい。今の会社の状況では止むを得ないだろう」

哲也は食い下がった。

「本社を説得してください。対処方法も見つけ出しました。副作用の発生確率だって低い。レバガードをインターフェロンに組み合わせることによって、肝炎を根治させることができる。副作用の確率をはるかに凌ぐメリットが期待できることは、はっきりとわかっているじゃないですか。このまま開発は続けるべきです」

おそらく、奥貫は哲也の意見を理解しているはずだ。俯いたまま、うんうんと頷き、しかし目は伏せたまま、慎重に言葉を選んでいる。

「君もわかっていると思うが、会社がこんな状態だ。経営陣は、特に会社のマイナスイメージとなる情報には敏感だ。医療をめぐる現在の状況も急速に変わってきている。医療訴訟の増加などから考えても、副作用での死亡例を出す前に、会社のイメージをこれ以上落とすリスクを避けたいという判断は間違いとは言えないだろう。それに……」

渋沢製薬は歴史と伝統を誇っていた老舗の中堅製薬会社だ。しかし同族経営の三代目社長が、銀座の超高級クラブのホステスに会社の金を貢ぎまくった醜聞は、特別背任にまで発展し世間の失笑を買った。それだけでは終わらず、今度はトイレタリー部門の上層部の独占禁止法違反となる強引な取引が新聞にすっぱ抜かれ、三面記事、写真週刊誌、テレビのワイドショーネタを提供することとなった。どちらかというとそれまで、地味で堅実なイメージの強かった渋沢製薬は、その企業規模以上に茶の間の有名企業となり、ここ数年は売上げも低迷し、昨年からはリストラが行われていた。

相変わらず哲也と目を合わせないまま、奥貫は一気に喋った。

「それに、知っての通り塚田グループの認知症治療薬『アルツカット』のフェーズⅣ

試験も終了し論文化された。非常に良い成績だ。すでに製造承認申請も済んでいる。早ければ今年中に発売できることになる」

（そういうことか……勝負ありってことか）

哲也はそう思い、肩を落とした。

塚田耕治は、奥貫と同じ大学の薬学部出身で、哲也とは同期入社だ。

哲也は肝臓病薬開発グループ、塚田は認知症治療薬開発グループで研究開発を競い合っていた。

一九八三年、「子供の軽度精神発育遅滞に伴う意欲低下」などに効能を持つ医療用医薬品のホパンテン酸カルシウムに「脳梗塞後遺症、脳出血後遺症、脳動脈硬化症に伴う意欲低下、情緒障害の改善」という効能が追加され、日本初の認知症治療薬となった。

その後、一九八六年から一九八八年にかけてホパンテン酸カルシウムと効果を比較する臨床試験により、ホパンテン酸と同等の有効性が認められた多くの認知症治療薬が次々に承認された。

イデベノン、塩酸インデロキサジン、塩酸ビフェメラン、プロペントフィリンなどが認知症治療薬として薬価収載され、この頃（一九九四年）、認知症治療薬の販売競争は熾烈を極めていた。

しかしながら、これらの認知症治療薬はいずれも単独で認知症の進行をストップさせる効果は乏しく、業界大手の製薬会社は、複数の薬剤の併用により相乗効果が期待できるとした併用推奨大キャンペーンを繰り広げており、これら認知症治療薬の販売金額は累計で八千億円を超える規模に膨らんでいた。

そんな中で、渋沢製薬の塚田グループが開発したアルツカットは、この時代にはまだ日本ではあまり行われていなかったプラセボを対照薬とした二重盲検《もうけん》比較試験を行い、単独投与で認知症の回復あるいは進行防止効果を表す結果が示され、大きな話題となっていた。遅ればせながら渋沢製薬も認知症治療薬の市場に強力な武器を持って殴り込みをかける準備が整いつつある状況だった。

プラセボを対照薬とした二重盲検比較試験とは、誰がどの薬を割り当てられたのか患者（被験者）も医療スタッフもわからない状態で行われる臨床試験のことで、実際の新薬を与えるグループと、新薬と見分けがつかないが有効成分が含まれず薬効のない偽物（偽薬・プラセボ）を与えるグループに分けて試験を行う。前者を実薬群、後者を対照群と呼ぶが、どちらもランダムに選ばれるうえに、関係者の誰もが、誰がどちらの薬を飲んでいるのかわからないことが前提となっており、国際標準といわれる厳密な治験である。

アルツカットの治療対象となる認知症の症状は「中核症状」と「周辺症状」と大きく二つに分けられる。

「中核症状」とは「認知機能（知能）」の低下で認知症の本質である。今日が何日かわからなくなる（見当識障害）や、もの忘れや物盗られ（記憶障害）などで認知症の必須の症状といわれる。一方で「周辺症状」とは妄想、不安、幻覚、うつ症状、興奮、暴言、暴力、徘徊などで「行動・心理症状」といわれる。

「中核症状」が表れても、例えば今日が何日かわからなくなっても、新聞などを見ればわかることで、介護者や家族にそれほどの負担がかかるわけではない。一方で、妄想、幻覚、徘徊、暴力といった「周辺症状」の出現や悪化は、家族や介護者の負担を増大させることが知られている。

こうした周辺症状に手を焼くようになると、精神病患者に使う向精神薬や抗うつ薬などを用いざるを得なくなるが、そうした薬剤は中枢への重篤な副作用の頻度も高い。一日中ぼうっとしたり、歩けば転倒や骨折を繰り返し寝たきりとなる例も少なくない。

こうした状況もあり、二重盲検比較試験の結果、「中核症状」と「周辺症状」の双方に効果が高く副作用も少ないというアルツカットは、発売前から専門医の注目を集めていた。

この薬剤が認可され医療機関で処方されるようになれば、国内だけでも年間一千億円を優に超える販売金額の画期的新薬となることが見込まれていた。

医療用医薬品業界では中堅メーカーである渋沢製薬も、日本の製薬企業の上位に踊り出る可能性も見えてくる。

こうした状況下で、治験中に副作用を出したレバガードの開発に、会社が慎重になるのも理解できないことではなかった。

「私だって研究者の端くれだよ。レバガードの優秀性はよく理解しているつもりだ。だから必ず、機会を見て経営陣にはアピールしておく。またチャンスもあるだろう」

奥貫の脂ぎった赤ら顔に、言うことは言ったという安堵と、引導を渡された哲也への同情の色が浮かんでいる。

「ありがとうございます。本当によろしくお願いいたします」

哲也は、そう言うのが精一杯だった。

「大丈夫、何とかなるさ。君も今回の研究開発には根を詰めすぎた。ほとんど休みも取っていないだろう。君には、今までの研究実績と信用がある。なにも研究開発ばかりが人生でもなかろう。少しゆっくりと身体も心も休め、英気を養ったほうが良い。そうして捲土重来《けんどちょうらい》を期そうじゃないか」

奥貫はレバガードの優秀性をきちんと理解してくれている。ここは中央研究所長である彼に、すべてを託すしかないのだと哲也は判断した。

「たまには四国に帰っているのか。葛岡先生もお年だろう」

「お心遣い感謝します」

「いい人はいないのか。、そろそろ結婚して、孫の顔でも見せてやらんとな」

何も言い返せなかった。

「ありがとうございます。ゆっくり考えてみます」

辛うじて平静を保ち、哲也は所長室を後にした。

会社の決定がたまらなく悔しかった。握り拳を開くと、掌《てのひら》にくっきりと爪の跡が残っている。

中央研究所のリノリウムの廊下に反射する穏やかな春の日差しが、哲也の網膜に染み入ってきた。

実家に帰っているのかと聞いた奥貫の言葉も堪《こた》えた。

哲也はこんな状況で田舎に帰れる道理などないと考えていた。

開業医だった祖父は、哲也が生まれる前に急逝し、高知県郡部の仁淀川近くの集落にある葛岡医院は廃業の危機に追い込まれた。

父、葛岡智志《くずおかさとし》は東京大学医学部出身で、このとき東大で臨床・研究・教育に取り組んでいたが、それらをすべてきっぱりと捨て、田舎に戻り葛岡医院を継いだ。

母陽子《ようこ》は、哲也の生後すぐに癌で亡くなって、父智志が哲也を育てた。

そんな父の後を医師になって継ごうともせずに、哲也は東京の私立大学の薬学部に進み、大学院で博士号を取得し、卒業後は製薬会社で新薬の研究開発に没頭してきた。

もう父に頼れる年でもない。自ら田舎を捨てて東京に出てきたのだから、帰ってのんびり仁淀川を眺めることなど許されるわけがないのだと、哲也は頑なに思い込んでいた。

もっとも父、智志はそんなことをまったく気にしている様子はなかった。たまに哲也が帰省するとただただ嬉しそうに哲也の話を聞いている。哲也以上に寡黙な父との間には活発な会話というものは昔から存在しなかったが、たまに父と過ごす時間はそれなりに幸せで、なんともいえない温かな充実感を哲也に与えた。地方の日常診療に追われる父は、最先端の研究開発の話に、まるで学生であるかのように目を輝かせ、哲也に質問を浴びせた。

高知には帰りたくない、帰れないというのは、哲也の意識過剰な心理であり、それは父や故郷に対する照れや甘えの裏返しであるのかもしれない。


盆暮れ正月、昼夜を問わず黙々と診療、往診している智志。彼は故郷の高知県の郡部ではすこぶる評判の良い医者である。村の人々は智志のことを「いごっそう先生」と呼んだ。「いごっそう」とは高知県の男性の気質を表す言葉で、「津軽じょっぱり」「肥後もっこす」と並び日本三大頑固の一つに数えられている。弱い者に優しく、行動は大胆不敵で豪快、信念を貫くためには、自分より強く権力を持つ者とも戦う反骨精神を持った者という意味である。

智志は医師としての勘が鋭いのか、薬害とか医療ミスとはまったく無縁で、淡々と町医者を続けている。早くから予防医学や漢方医学の必要性を説き、実践し、村の平均寿命を延ばした名医とも評価されているようだ。

一方、医者の息子というだけで哲也のことを特別扱いする人間の存在や、医師優遇税制で楽をしているとかの陰口は、幼少の哲也の心に少なからぬ傷を残した。

そんな環境から逃げるように、哲也は東京の私立大学の薬学部に入学した。

極めて優秀な学業成績を残してきた哲也が、医学部を受験しないと言ったとき、さすがに智志は少し寂しそうだったが、とりたててこうしたほうが良いとは言わなかった。

後を継いでほしいとも言わなかった。

「そういう役立ち方もあるだろうなあ」

製薬会社に就職して医薬品の研究開発がしたいと哲也が言ったときも、そう言ってすんなりと認めてくれた。

母を知らずに育ち、自分に似て、どちらかというと対人関係に疎い哲也には、研究畑のほうが向いていると思ったのかもしれない。母親を早くに亡くした一人息子には、とにかく好きなことをさせてやりたいという親心だったのかもしれない。

一九五八年七月

眠ってしまったのだろうかと哲也は思った。仰向けに寝転んでいる哲也の耳に入ってくるのは、さらさらと水の流れる音。

（身体が動かない……）

目を開けると抜けるように青くて高い空が、視野いっぱいに広がった。深夜だったはずなのに強い日差しが眩しかった。そのまま視線を右に向けると、不格好で横に長く、さほど標高のない山の緑の稜線が広がっている。そして流れている川の色は深い深い青色だった。欄干も何もない古びたコンクリートの橋の上に仰向けに倒れていた。

哲也は目を疑った。

「ど、どこなんだ、ここは？　隅田川テラスにいたはずなのに……」

まったく理解を超えた状況だった。しばらく放心していた哲也だが、あたりをよくよく見渡すと見知った風景であることに気がついた。

「ここは、沈下橋の上じゃないか……。いったいこれはどういうことだ。とうとう俺は気が触れたのか、軽症うつの兆候もあったし……。それともあの母さんの夢の続きなのか……」そのとき、遠くから女性の叫び声がした。

「大丈夫ですかあー」

裕子の声。こちらに向かって走ってくる。

（送ってもらうのを断ったから、追いかけてきてくれたのかな……）

山の緑を背景に現れた、ひらひらとしたその姿は蝶のようだ。真っ白いワンピース。

鍔《つば》の広い麦藁帽子。その帽子の鍔が上がり、瞳の大きい愛くるしい顔の若い女性が、心配そうに哲也を見つめる。

（裕子……じゃない。でも良い感じの人だなあ）

場違いの感想が頭をよぎる。

「大丈夫？　立てるかしら」

彼女が差し伸べた手に掴まりながら、哲也の意識は再び遠のいていった。


左上腕に妙な圧迫感を覚えて意識が戻った。血圧計の灰色のカフが巻きつけられている。診療室のベッドに寝かされ、血圧を測定されているようだった。

哲也の視界に老医師の顔が入ってくる。

「起きちょったかい。これ何本に見えるろうか？」

白衣姿の初老の医師が、横たわっている哲也の目の前に人差し指を立てて見せ、聞き覚えのある高知弁で問いかけてきた。

「これが何本に見えるろうか？」

医師はじっと哲也の表情を見つめ、もう一度繰り返した。

「一本です」

「うん。外傷もないようやし、血圧も落ち着いておる。こたござんせん……と」

こたござんせんとは、問題となるようなことはございません、という意味の高知弁であり、哲也の父の口癖でもあった。子供の頃から父が笑顔で患者に言っていた懐かしい言葉だった。

「ありがとうございます」

横たわったままあたりを見回す。日本家屋の中に造られた診察室だった。

黒縁の眼鏡を人差し指で何度も押し上げながら、カルテを書いている老医師の机は木製の年代物だし、その上にある電話も最近見かけぬ黒のダイヤル式だ。診察室の端のほうには生薬をストックする大きな百味箪笥《ひゃくみだんす》、その横には生薬を磨り潰す薬研《やげん》まで置いてある。

「これ、飲んだらえい。熱いから火傷をせんようにな」

老医師は大きな湯飲みを差し出した。

「何ですか？　これは」

「煎じ薬じゃ。『清暑益気湯《せいしょえっきとう》』という漢方薬よ。おまんは今、汗をじっとりとかいて、脈がやや浮いて弱く、舌には僅かに黄苔《おうたい》。顔色もすぐれん。暑さと湿度にやられかけておる。まあ簡単に言えば軽い暑気当たりのような状態よ。飲んでおけば快復も早いき」

「はい」

頷いて上体を起こし、熱い湯飲みを両手で受け取った哲也は、ふうふうと吹きながら漢方薬に口をつけた。

「飲めそうかのぉ」

「はい。意外と抵抗ありません。すごく懐かしい味。体がすっきりする感じです」

老医師は嬉しそうに微笑んだ。

「それならええわ。身体の状態にぴったり合った漢方薬は、少々苦くても、抵抗なく飲めるきね」

懐かしい訛りのある老医師の言葉に、湯飲みを口に当てたままで頷きながら哲也は周囲に目を遣った。

「しかし、おまんはどうしてあんな所に倒れちょったがかねぇ。あの沈下橋は昨日まで通行止めよ。水嵩が増して沈んじょった。流されたらそれっきりやぞ」

哲也は何とも答えようがなく、黙り込む。

「それにしても智志に似いちゅうのぉ。とても他人には思えんき」

『智志』は聞き覚えのある名前だった。

「そう思ったでしょう、お父様」

そう言って入り口の所からさきほどの女性が顔を覗かせた。

「車でこっちに来る途中、倒れているおまんを見つけて陽子さんが運んでくれたがじゃ。わしの倅の婚約者ながやき」

『陽子』も聞き覚えのある名前だった。

（いったい何が起こっているのだ。この人たちは何者なのか）と哲也は思った。


「ありがとうございます」

そう言って、ベッドを降りて立ち上がると、側にある窓から外の景色を眺めることができた。

「あっ」

哲也は思わず声が出た。舗装こそされていないが、前を走る一本道は県道だ。遠くに見えるあの蒼い川は仁淀川。このレイアウト、外の景色はまごうかたなき故郷、地元の景色だった。

『葛岡医院』と書かれた木製の古びた看板も見える。

医院の正面には二台の車が停められている。いずれも戦後まもなくの古い車体だった。

(葛岡医院？　何てこった。俺の家じゃないか。ってことは、この人は俺の生まれる前に亡くなった祖父、時次郎さん？　ああ、そしてこの女性は俺が生まれてすぐに亡くなった母、陽子？　いったい何がどうなっているんだ？　場所どころか時間まで移動したのか？)

胃袋が縮みあがるような緊張感が襲ってくる。気がつくと哲也は全身がぶるぶると小刻みに震えている。写真でしか見たことのない母親と祖父に、こうして対面している状況の不思議さ。恐怖感と幸福感が同時に存在しているような、体験したことのない感覚に哲也は支配されていた。

老医師は哲也の動きや顔色を見て少し安心した様子で椅子に腰かけ、万年筆を動かしている。

「カルテをつくらにゃいかんき。おまんの名前もまだ聞いちょらんし」

「……葛岡哲也と言います」

「やっぱり親戚だ。どこの葛岡よ」

「……記憶が、どうもはっきりしないのです」

哲也がそう言うと老医師は表情を曇らせた。

「まあ慌てることはない。何かの拍子に一時的に記憶をなくすことはあるきね。よほどのことがあったがやろう。どうせ親戚筋やろうし、遠慮せずにゆっくりしたらええわ。部屋はいくつも空いちゅうき、好きに使うたらえい」

そう言って老医師は立ち上がって、黒く大きい鞄に聴診器やら薬箱やらを詰めている。

「すまんが、陽子さん。後を頼めるかな。ちょくっと往診に行ってくるき。夕方までには戻ってくるきね」

哲也を十畳ほどの客間に敷かれた布団に寝かすと、老医師は往診に出かけていった。

この部屋も見たことがあるような気がした。

しかし葛岡医院は後を継いだ父の手で、哲也の幼少期に二階建ての診療所に建て替えられたので、母の記憶と同じく、哲也には旧葛岡医院の記憶はない。

それなのに、少し暗い感じのするこの日本間には、何か悲しいような懐かしいような思いを呼び起こされる気がした。

しばらくすると、陽子が冷たい麦茶を運んできた。

写真で見る母よりもっと若々しく、愛くるしいと感じた。この明るく健康そうな人が癌に侵される。見つかったときにはステージⅣの進行膵臓癌になって命を落とす。哲也より年下であるせいか、母というより妹のような感じがする。陽子のほうも最初から哲也を警戒している感じがまったくない。

「大事に至らなくて良かったわ。でも本当に智志さんによく似ている。もっと垢抜けているかしらねえ。髭をつけたら同じ顔になっちゃうかしら」

そう言っておかしそうに笑う。

「記憶がはっきりしないので困りました。申し訳ないが新聞を見せていただけないでしょうか？」

陽子が持ってきてくれた新聞の日付は、昭和三十三年七月二十二日となっていた。間違いなく、昔の高知に移動してきたようだった。

哲也の知るところでは、この翌月に陽子と智志は結婚する。二年後に陽子は哲也の母となる。そして、そのすぐ後に膵臓癌で死亡する。

「親父、いや、智志さんは、どちらに？」

「今は東大病院で内科の医師をしています。すごく優秀なんですよ。私も智志さんもこの村の出身なんです。来月結婚して、私、この田舎から脱出できるの。東京の文京区というところに新居を構えます。といっても小さな借家なんですけど……」

そう言って笑う陽子には、何の屈託もない。幸せに満ち溢れて、きらきらと輝いているように見える。

（そうだった。そして、祖父が亡くなり、父は東京大学病院での研究・教育・臨床をすべて捨て高知県に帰り葛岡医院を継ぐ。まもなく俺が生まれ、母が亡くなり、俺はここで父に育てられた）

「どうしたの？　難しい顔しちゃって。具合が悪いんですか？」

陽子の言葉に哲也は我に返った。

「いや、どうしたらよいか何もかもわからなくなってしまって」

「何もしなくていいのよ。病人なんだから。心配事は身体が良くなってからよ。よくって」

陽子は念を押すようにじっと哲也を見つめた。

（母が俺を心配している）

本当に心配しているという気持ちが不思議とはっきり感じられた。

初めてなのに、懐かしいような嬉しいような、不思議な感覚だった。

涙がこぼれそうになったが、何とか堪え「うん」と頷いた。

何だか子供に戻ったような感じがして、哲也は再び眠りに落ちた。


「お疲れ様でした」

陽子が前掛けを外しながら、老医師、祖父の時次郎に微笑みかけた。

「お夕飯の準備をしておきましたので……汁だけは温めなおしてくださいね」

老医師は名残惜しそうに陽子を見つめる。

「陽子さんも一緒に食べていかんかい」

「ごめんなさいね。今日はどうしても、戻らなくっちゃならないんです。哲也さん、お父様のお話し相手になってあげてね」

「そうだ。ちょくっと待っておくれ」

そう言って老医師は奥に引っ込んだかと思うと真新しいスウェーデン製の中判カメ

ラを持ち出してきた。

（すごいな、骨董品だ。『今』ならどのくらいの価値があるだろうか）

「新しいカメラのテストや。ほらそこに座りや」

三脚にカメラを据えつけると、哲也と陽子を並ばせる。

老医師も二人の横に立つと、大きなフラッシュのランプがバチンという音を立てて光った。視界に青緑の光の残像が残る。

「すみませんねえ、哲也さんまで。お父様ったらカメラには目がないの。じゃあまた明日お手伝いに来ます」

そう言って陽子は帰った。

「本当に明るくて良い子じゃ。お手伝いさんが仏事で休むと言ったら、すぐに自分から手伝いに来てくれた。こんなに綺麗に晩飯まで作って……まったく智志も幸せモンじゃあ。ほれ、あんたの分まである。飯にしようじゃないか」

老医師はテレビのスイッチをひねり卓袱台《ちゃぶだい》に腰を下ろす。

旧式の真空管式のテレビは映像が出てくるまで時間がかかった。

白黒映像のニュースは東京タワーの建設が順調に進んでいることを報じていた。

じっと画面を見つめる哲也に老医師が話しかけた。

「記憶、大丈夫なんやろう」

「えっ」

「おまんの行動を見ておると、そう結論づけるのが正しいように思えてきた。わしもまんざら藪医者でもないやろう。どうや、母親の若い姿を見た感想は」

言葉を失って戸惑っている哲也に老医師は続けた。

「おまんが寝こけている間に、そのバッグの中身を見せてもろうたきね。悪く思わんでくれ。免許証の生年月日やら、財布のお金の日付やらにびっくりしたわ。まさかとは思うたが、おまんは、いや哲也は、わしの孫なのだな」

穏やかな表情で頷きながら話しかけてくる。

「あの……はい……いえ……どうも、そのようだと思います」

老医師は頷いて微笑んでいる。

「実は、わしも若い頃、沈下橋の上で道ならぬ『時』に迷ったことがあってな。死んだ親父に再会したよ。もうずいぶん昔のことだがな」

「本当ですか……」

「不思議なことだがな。哲也がここに来たのには何かよほどの『理由』があるのやろう。そういうときに沈下橋は過去と現在との扉としてはたらくことがあるにかあらん」

「あるにかあらん」は古語から変形したといわれる高知弁で、「あるのかもしれない」という推定の表現である。

正直心底驚いたが、自分のことを理解してくれている以上、話は早かった。

三十数年後の親戚の近況や、技術の進歩の話などいくら話しても話題は尽きなかった。

深夜近くになって、母を助けたいということ、そしてその治療法も考えていること、祖父は注射針を間違って刺さないように注意すべきだということを打ち明けた。

「なるほどな。それがわしの死因になったということか。いつ?とは聞くまい。おまんも答えづらいやろうし。しかしな哲也、未来は簡単には変えてはならんし、また変えることもできんものだ。また、仮に変わったとしても、良いほうに変わるとも限らんきね」

「しかし、私がここに来たのは、理由があるとおっしゃったじゃないですか。それこそが『理由』だと私は確信しましたけど」

祖父はしばらく下を向いて考え込んだ。

「うむ。わしのことはまあよい。しかし陽子さんはまだ若いきね。何とかできるなら
そりゃあ幸いだがなあ」

「一度自分の世界に戻って対策を考え、そしてここに戻ってきます」

「そんなことができるやろうか」

「理由があるのですから、戻ってこられるはずです」

そう言って哲也は立ち上がった。

「どこへ行く」

「沈下橋です。必ず戻ってきます」

そう言って哲也は葛岡医院を飛び出し沈下橋へと走った。

一九九四年三月

頭上を行来する自動車の騒音に目を覚ました。両国橋の袂に戻っていた。あたりは
再び、漆黒の闇。雨は止んでいるようなので橋の上に戻り、時計を見る。
午前一時。ほんの一時間しか経っていなかった。

それでも、あれほど酔っていた身体からアルコールがすっかり抜けている。

夢を見たのか。そう思ってポケットに手を入れると、「汚れていたから」と陽子が取り替えてくれた真っ白なハンカチが出てきた。


翌日、チャイムの音で目を覚ました。出ていくと裕子がスーパーの袋をぶら下げて立っている。

「酔っ払いおやじを心配して来てあげたんだから」

そう言って哲也のマンションに上がり込んでくる。

「朝ご飯というかお昼ご飯というか、まだでしょう。早く顔を洗って着替えていらっしゃい」

袋からパンやらサラダやらを取り出し、手早くテーブルに並べる。

「食欲なかったら、お饂飩《うどん》でもつくろうか」

そんな裕子の姿を眺めていると、昨晩のことはやはり夢ではなかったかと思えてくる。

キッチンからは裕子の口ずさむ鼻歌が聞こえてくる。それをぼんやりと聞き流していた哲也の顔色が、さっと変わった。

「沈下橋、土佐のお国の潜り橋。雨が降ったら渡られんきね……」

「その歌、どうして」

裕子も真顔になっている。

「昨日、夢に出てきたの。大きな鍔の広い麦藁帽子を被った、かわいい女の人が口ずさんでいたの。葛岡さんの故郷って高知県だよね。変だよね、東京出身の私が夢の歌を覚えているなんて。沈下橋とか潜り橋とか、見たことも聞いたこともないのにね」

哲也は唸った。

（理由だ。理由が裕子を協力者にしようとしている）

「それ、俺の母さんなんだ」

思わず大きな声が出た。

「どういうこと？　だって葛岡さんのお母さんって亡くなっているんでしょう」

しっかりと居住まいを正し、哲也は裕子の目をじっと見つめた。

「いいかい、昨日君と別れてからの話をする。信じられなければ信じなくていい。自分でもまだ半信半疑なくらいだ。でも……事実なんだ、本当の話なんだ」

そう言って哲也は両国橋からの話を打ち明けた。

裕子は目を丸くして哲也の話にじっと耳を傾けた。

「やだ。こんなに鳥肌が立ってる」

「脅かしているわけじゃないんだ。とても信じられないだろうけど」

裕子は力の抜けたようにふっとキッチンの椅子に腰を下ろし天井を見上げた。

「なるほどねえ。驚いたけれど、昨日の夢はこのことを信じるために、そして私が葛岡さんに協力するために『理由』ってやつが私に見させたものってわけなのね」

「信じてくれるかい」

「信じざるを得ないわね。そうじゃなければ私と葛岡さん、二人同時にどうかしちゃったってことになっちゃう。それで、お爺様にはご自分で針刺し事故に注意してもらうとして、お母様の癌はどうしたら良いの」

「いろいろ考えたんだ。うちの会社の抗癌剤、ビンプラールを使うことができないだろうか。最近、新しい使い方としてアメリカで行われている方法が膵臓癌に有効との報告がある。癌根治手術後の患者の再発を防ぐために定期的に通常量の五分の一程度のビンプラールを静注《じょうちゅう》するという方法なんだ。目に見えず取りきれなかった癌細胞を、自己免疫で処理できるレベルに留めておくという考え方だ。そうすることによって、何もしないよりもずっと再発率が低くなる。ＳＲＤＴ、Super row dose therapy・極低用量維持療法と呼ばれている方法だ」

「聞いたことがあるわ。でもお母様があなたを妊娠していたら、ビンプラールは胎児に良い影響は与えないわ」

「そうだ。出産後に見つけられた母の癌は手遅れだったと聞いている。だから妊娠する前の母に会えれば、妊娠前に癌を叩く。もし戻ったときにすでに妊娠中であれば、動物を使った試験で胎児に影響が少ないとされる妊娠二十四週過ぎからＳＲＤＴを開始する。そうやって時間を稼ぎ、出産後に手術または通常量の抗癌剤療法に切り替える」

「いいかもしれないわね」

「問題はどこでビンプラールを手に入れるかだ。劇薬指定で記帳義務ありの抗癌剤だからね。研究所員なら研究目的の理由を申請できるけど、異動辞令が発令されてしまった今となってはちょっと厳しいものがある」

そう言って哲也は途方に暮れたような表情を見せた。

「私に少し考えさせて。何とか入手することができるかもしれない」

「大丈夫かい」

「これでお母様を助けられるのなら、立派な理由になると思うわ」

裕子はしばらく考え込んでから、うんと頷いて言った。

「少しだけ時間をちょうだい」


東勇会総合病院は東京都内の小高い丘の上に建っている。麓から見上げる丘の中腹に、モダンな薄茶色のタイル張りの病院が聳え立っている。

その週の金曜日は副薬剤部長である裕子の当直日に当たっていた。面会時間も過ぎ、午後七時近くなると職員や看護師、医師の多くは帰ってしまう。

病院ロビーは照明を落とし薄暗く、静まり返っている。自動販売機のコーナーから漏れる明かりがやけに眩しい。時折病棟へ向かうエレベーターの低いモーター音がかえってあたりの静けさを際立たせている。

ロビー正面の受付の奥にある薬剤管理室からは明かりが漏れていた。

一人で薬剤の出庫伝票を記入していた裕子が、薬剤配送用のキャスターつきステンレスワゴンに病棟へ運ぶ薬剤を載せ、慎重な足取りで、からからとワゴンを押して出てくる。その上には二本、ブルーの液体の入ったガラス瓶が並んでいる。四階病棟に届ける抗癌剤ビンプラールだ。

薬剤部前にある「業者訪問記録帳」に目を通し、現在医局を訪問中の人間を確認する。

「よし、さあ行くわよ」

裕子は呟いた。

ワゴンを押してエレベーターに乗った裕子は、「誤って」医局のある五階のボタンを押す。

入院患者の病棟は四階まで。五階の医局では医師たちを相手に、製薬会社のMR（医薬情報担当者）たちが自社の医薬品の売り込みをかけている時間だ。

エレベーターの扉が開き、裕子がワゴンを押して降りてくる。素早く周りを見回す。人の姿は廊下にはない。四階病棟ではなく五階だった。

東勇会総合病院の五階フロアは会議室、図書室そして医師の詰め所である医局のスペースから成っている。

院長、副院長以外の勤務医は個人の部屋は持たず、この医局に並んだ机の一つを自分用に割り当てられている。

医局のドアを開けると、すぐ左には医師たちのロッカーが並び、右手にはメールボックスが、さらにその奥にはテレビを囲むように応接用の長椅子とテーブル。隅には冷蔵庫、電子レンジ、小さな流しがある。

午後七時近くになって多くの医師は帰宅している。数名の医師たちが机に座ってコンピューター画面をチェックしたり、応接セットに横たわって仮眠を取ったり、その横でテレビを見ながらカップ麺を啜ったりしている。

医師たちを取り巻くように、紺やグレーの地味なスーツを身にまとった製薬会社のＭＲたちが医局の所々に立っている。


「松本先生、当社の胃粘膜保護剤ガスロック、採用されましたのでご処方よろしくお願いします」

「ガスロックも良いけど、競合多いからねえ。Ｅ社も、Ｂ社も必死だよ。胃粘膜保護剤なんか、どいつも効果は変わらんのだから。やることやらんと勝てないよ」

松本医師は眉をしかめてみせる。

「わかりました。じゃあ先生、『やること』いつにするか今決めましょう」

「おっ、さすが土屋君。渋沢製薬のスーパーMR。話が早いねえ」

急に相好を崩し、松本医師は白衣のポケットから手帳を取り出す。

「来週の木曜日は？」

「OKです。フレンチ、イタリアン、和食、中華、韓国料理……何でいきますか」

「今週はE社に高級イタリアンをご馳走になっているからそれ以外で、土屋君にお任せでいいよ」

「おっ、厳しいなー。じゃあ負けないように鉄人のフレンチの店でも探してきますよ」

横で聞いていた皮膚科の加藤医師が恨めしそうに口を挟む。

「皮膚科だって胃薬くらい使いますよ……」

「加藤先生も一緒においでよ」

松本医師が土屋慎一《つちやしんいち》の都合を確認もせずに加藤医師を誘う。

土屋の後輩で新人MRの若杉愛《わかすぎあい》は厚かましい人たちだなあと思うが、土屋はまったく表情には表さずニコニコと笑っている。

「加藤先生歓迎ですよ。加藤先生と松本先生は同期で仲良しですもんね」

加藤医師も相好を崩し頷いている。

「土屋君任せなさい。明日からガスロックの売上急増させてあげるから。結果は出しますよ、我々は」

ガツンと乱暴にロッカーを閉める音がして、いっせいにそちらに皆の視線が集まる。医局の一番隅の机で、さきほどまで一心にコンピューターを操作していた外科部長の坂上透《さかうえとおる》医師だった。

こちらの戯言《ざれごと》が聞こえていたのか、白衣を脱ぎジャケットを引っかけ、帰り支度を済ませた長身の坂上医師は、「お疲れ様です」と声をかけるMRや医師たちには一瞥もくれずに厳しい表情のまま医局から出ていってしまった。

山ちゃんと呼ばれたT社のMRが、小声で呟いた。

「坂上先生って何も喋ってくれないんですよね。怒っているみたいで……」

他社のMRたちも頷いている。内科の松本医師が苦笑して答える。

「俺たちとも治療上必要な最低限のことしか喋らないよ。怒っているわけじゃない。ああいう性格なんだよ。ゴルフもしないし飲みにもつき合わない。

この病院は、俺たちみたいに三流私立医大の東西医科大出身者が多いけど、坂上透先生は国立の土佐医科大学卒。さらに、ピッツバーグ大学の安岡充《やすおかみつる》教授の門下で肝切除の腕を磨いたエリートだ。消化器外科手術のライブオペっていって、手術をすべて録画して患者に渡すんだ。そのために手術室は中二階で手術を見学できるモニタールームと、手術を録画できるモニターシステムを、坂上先生にぞっこんの黒田院長が、ずいぶん金をかけて整備したんだから。まあ、どうしてそんなすごい先生が、おん自らこの病院に来てくれたのかは謎だがな」

そう言って松本医師は時計に目を遣った。

壁掛け時計は午後七時半を回っていた。

医局内の医師たちから離れた場所に土屋を引っ張っていき、納得できないという顔で若杉が小声で言った。

「先輩、松本先生ひどいですよね。こちらの確認も取らずに加藤先生も誘っちゃうなんて。加藤先生も加藤先生だ。ほいほい相乗りしちゃうなんて……」

「そう思ったかい。でも本当はね、今回は松本先生より、うちが弱い皮膚科の加藤先生との関係を強めるのが狙いさ。ああいう形で大成功。じゃなきゃあんな場所で松本先生に声をかけるわけないだろう。無理に参加しちゃったと思う加藤先生にも、仲間に声かけちゃった松本先生にもしっかり恩が売れる」

若杉は目をきょとんと丸くしてしばらく土屋を見つめてから、納得したという表情を作った。

「さすが先輩ですね。私はそこまで気がつきませんでした」

土屋がにっこりと笑うと、若杉は真剣な顔で頷いた。


ガッチャアーン、バリンバリンと大きな音が廊下で響き、白衣姿の医師たちと濃紺のスーツ姿の男たちが驚いて医局から飛び出してくる。

エレベーター前の廊下では横倒しになったワゴンとそこから落ちて砕けたガラス瓶や中身のブルーの液体が飛び散り、その横で裕子が呆然と立ち尽くしている。

あたりには強い薬剤臭が立ち込めている。

「副薬剤部長。裕子先生。大丈夫ですか」

そう言ってがっちりした体形の男と小柄な若い女性が近づいてくる。以前裕子が勤務していた渋沢製薬の東勇会病院担当MR土屋と若杉だった。その後ろのほうで数名の医師たちが困惑顔で惨状を覗《うかが》っている。

「そこ気をつけて。ビンプラールが飛び散っているから。素手で触れてはいけないわ。ごめんなさい。四階病棟と間違って降りて……慌ててしまいました」

そう言って裕子はゴム手袋をはめて廊下を片づけ始めた。医師たちはいつの間にか医局に引っ込んでしまっている。土屋と若杉、その他の製薬会社のＭＲたちが注意深くワゴンを引き起こしてくれる。

「いや、こりゃひどい。キャスターの一つがぐらぐらだよ。こいつが引っかかったんだ。こりゃ不可抗力。裕子ちゃんの責任じゃないよ」

もともと会社の同僚である土屋は医師がいなくなると仲間言葉になる。

「いいえ、階数を間違えて慌てた私のミスだわ」

そう言って裕子は肩を落とし項を垂れた。

「そんなことはないよ。忙しすぎるんだって。大丈夫。院長がうるさいこと言ったって俺がちゃんと証人だから。フォローしとくよ。しかし、これだけの量のビンプラールをばらまいちゃうと結構な損害だよなぁ」

「過失とはいえ始末書、減給は免れないわね。片づけ手伝ってくれて本当にありがとう。助かったわ」

周りに飛び散ったガラス片が残っていないか注意深く確認して、土屋が話しかけてくる。

「そういや、今度葛岡が東京支店に配属になるんだ」

「聞いたわ。落ち込んじゃっている……でも土屋さんと一緒の支店なら良かったわ。力になってあげてね。彼、研究一筋だったから」

「大丈夫だよ。葛岡はちゃんとしたやつだ。研究者としてうちの会社を背負っていくやつだ」

哲也のことを誉められて裕子も嬉しくなってくる。

「ずいぶん高く評価しているのね。男の友情？　でも彼の今の立場わかっているの？」

「もちろんだ。厳しい状況らしいな。でも……」

「でも……どうしたの」

「……いや。そのうち三人で葛岡の歓迎会でもやってあげよう」

「ありがとう。期待して待っているわ」


その夜、裕子はあたりに人がいないのを充分に確認し、裏の通用口から保冷バッグを慎重に運び出し、職員専用駐車場に停めてある自家用の赤いセダンの後部座席に積み込んだ。

誰にも見つからないように済ませたつもりだったが、六階フロアの窓に映った人影が駐車場を見下ろしていたことに裕子は気づかなかった。

翌日の夜、保冷バッグを大事そうに抱えた裕子が哲也のマンションのチャイムを鳴らした。

「どうした？」

ドアを開けた哲也が驚いて裕子の顔と保冷バッグを交互に見つめている。

「約束よ」

そう言って上がり込み、バッグをそっとテーブルの上に置いた。バッグの中にはガラス瓶が二本。その中にはブルーの液体が詰まっている。

「ビンプラールよ。通常の用法で大体二十クール分。ＳＲＤＴ、五分の一量投与法なら二年分程度はあるはずよ。常温では効果が落ちるのが早いからできるだけ冷所保存、十五℃以下でお願いします。もっとも渋沢製薬の薬だから、わかっているわよね」

哲也は驚いて立ち尽くしていた。言葉が出てこなかった。

「大変だったんだから。一世一代の大芝居よ。下手したらクビどころか、薬剤師免許だって剥奪よ。当直明けの今朝は、始末書を出しに行って院長に厭味を言われちゃった」

そう言って裕子は笑いながら、からくりを説明した。

ビンプラールは劇薬指定で記帳義務もあり、簡単には持ち出せない。病院五階のフロアで、ワゴンごとひっくり返した瓶の中身は、消毒用アルコールにブルーインクで色をつけビンプラールに似せた液体だった。

本物のビンプラールはここに持ってきた瓶に、あらかじめ詰め替えておいた。

とはいえ、患者のいる病棟で事を起こすのは危険すぎる。大きな音は迷惑だし、医師、看護師などのスタッフの目が集まりすぎるからだ。裕子は、キャスターの螺旋《ねじ》を弛め、ワゴンを慎重に押して「間違って」五階に降りる。医局には数名の医師とMRたちが残っているだけだ。

味方か証人になってくれる可能性の高い、渋沢製薬の土屋が訪問していることもわかっていた。

そして周囲に人のいないことを確認して一気にワゴンを引き倒した。

その晩のうちに副薬剤部長の裕子は自らビンプラールの破損・廃棄処理報告書も作成した。

翌日、院長室に始末書と関連書類一式を持って謝りに行くと、すでに院長の耳には報告が入っていた。

白髪をきっちりと撫でつけ、瞼の垂れ下がった目をギョロリと引ん剝《む》いて、上目遣いにじっと人を見つめる恰幅の良い強面《こわもて》の院長、黒田作造《くろださくぞう》。白衣の袖口では舶来の高級時計に鏤《ちりば》められたダイヤモンドが眩しく輝いている。

一見その筋の人のように見えるが、この人は人情家としての評判も高い。

家族旅行帰りの交通事故で、夫と息子を亡くし生き残った母子の生活をサポートし続けた。障害の残った母を治したいと娘は看護師になった。そのすべてを支えたのが黒田院長だった。娘は看護師となり東勇会総合病院に勤務し、数年前に院長の息子黒《くろ》田逸造《だいつぞう》と結婚した。この美談はドキュメンタリーとしてテレビでも報道され、院長の評判をさらに高くした。

「渋沢製薬の土屋が、朝一番で連絡してきおった。過失だから怒らないでやってくれとな。河本先生は渋沢製薬のＯＧだから。何とか埋め合わせしますからとな。良い同僚を持ったな。まあ、渋沢製薬さんとうちは固い絆で結ばれているからな。

ただ、お上の監査と立ち入り調査とかで問題にならないよう、処理だけはしっかり頼むよ。あと、副院長にも詫びを入れておいたほうがいいな」

院長は苦虫を噛み潰したような表情で、そして顔に似合わぬ妙に甲高い特徴のある声でそう言った。

（もう行っていい）

電話のコールがあり受話器を耳に当てると、院長はそう目で合図をした。

助かった。首を覚悟だった。薬価で百万円を超えるだろう損害が、これだけで済んでしまった。


作造院長の息子で、まだ四十歳そこそこの逸造副院長は院長よりもさらに軽かった。歌舞伎役者を思わせる整った風貌に、涼しげな眼差し。

中背ではあるが、すらりとした体躯に洗い立ての皺一つない白衣姿は、それらしく整いすぎて、何か胡散臭《うさんくさ》いと裕子はいつも思う。

「あっはは。聞いたよ。裕子先生らしくない。たまにはパッと飲みに行って気分転換でもしたほうがいいんじゃない？」

そう言って手帳を取り出し、本気でスケジュールを確認している。

「木曜日なら俺はＯＫだけど。どお？　友達のソムリエが銀座にしゃれたフレンチのレストランを出したんだ。二人が駄目なら合コンでもどお。芸能人だって呼んじゃうぜ」

唖然とした。情けなくなり簡単に涙を出すことができた。

目を赤くしてぺこぺこ謝る裕子を見て逸造は少し慌てる。

「嘘、嘘。大丈夫だよ、僕は味方だからさ。気にしないでよ。裕子先生のご家族だったらすぐ特診で診てあげるから。これでも認知症のオーソリティーってことになってるんだぜ」

逸造副院長は退出しようとする裕子の背後からさっと近づき、軽く腰のあたりに手を置いて、耳元に口を近づけると小声で呟いた。

「ふざけてごめんよ。でも裕子先生、本当にイイ女だって思ってるんだからさ。白衣の下のことは知りませんけど」

腰に当てられた手に力が入り、抱き寄せられそうになる。

「すみません」

そう言って、何とか身体をかわし裕子は部屋の外へ飛び出した。

全身にゾワゾワと鳥肌が立っているのがわかる。薬剤部に戻ってあの馬鹿者の触った白衣をすぐにでも取り替えようと思った。

（まったくあの男は。若い女房もいるくせに朝っぱらから何を考えているんだか）

出身の東西医科大学附属病院や派遣先の病院で数々の女性問題を起こし、父親が院長である東勇会総合病院しか勤務先がなかったという噂は嘘ではないようだ。

どうしてあの立派な院長から、こんな馬鹿息子が生まれたんだろうと裕子は思った。


ふと、通路の反対側から強い視線を感じた。

ハイブランドの最新のピンクのドレスに身を包み、すらっとしたモデルのような姿の若い女性がじっと裕子を見つめている。副院長の妻、黒田和子《くろだかずこ》だった。

（それにしても何てきつい視線だろう。私、何か勘違いされてないかしら。涙を浮かべて副院長室を飛び出してきた今の自分は、いったい彼女にどう映ったんだろう）

裕子は愕然とした。誤解されちゃ敵わない。そう思って裕子は彼女に声をかけた。

「あのう、違うんです、これには……」

そう言いかけたときには、和子はすでに踵を返し反対方向へ足早に立ち去っていた。

すれ違う職員たちが皆うやうやしく副院長夫人にお辞儀をしているのが見えたが、和子の背中からは、明らかに裕子に対する怒りの感情が強く発せられていることが感じ取れた。

　そんな話を聞きながら、哲也は裕子にコーヒーを淹れた。

「葛岡さんの淹れるコーヒー、いつも美味しいね」

「本当に大変なことをしてくれたんだね。ありがとう」

　笑いながら報告する裕子を見つめる哲也の瞳は潤んでいた。

「『理由』を信じたのよ。きっと上手くいくわよ」

「投与量を厳密にしてきっちりやるよ。効果が弱ければ母は助からない。強すぎれば妊娠するのに良い影響は期待できなくなる。つまり俺が世の中にいなかったってことになる」

「やめてよ。上手くいくってば。毒性試験では、ラットでも犬でも安全な薬よ」

「生まれなかったことになっちゃうんだから、誰の記憶からも消えちゃうよ」

「やめてってば。必ず戻ってきてちょうだい」

「うん」と力強く頷いて哲也は裕子を抱きしめた。

「今日は帰らなくて良いでしょう？」

　沈下橋に行かないでほしいという意味か、裕子が帰りたくないという意味か測りかねたが、そんなことはどちらでもよかった。

「もちろんだよ」

そう言って哲也は力強く裕子を抱きしめた。

その晩、疲れきった裕子は哲也の腕の中で安らかな寝息を立てた。


翌日の早朝、哲也と裕子は二人で両国橋まで歩いてビンプラールを運んだ。橋の袂の親水遊歩道、隅田川テラスに下り保冷バッグを足元に下ろす。

春の日差しが柔らかい、穏やかな日だった。

隅田川テラスを散歩したり、ジョギングをしたりする人の姿も長閑《のどか》に感じられた。

「何だか不思議だわ。こんな穏やかな日常が、あなたの過去と繋がっているなんて」

そう言いながら裕子が振り返ると、すでに哲也の姿はビンプラールとともに、忽然と消え失せていた。

「葛岡さん……」

裕子はいつまでもその場から動くことができなかった。

一九六〇年六月

瞬《まばた》きをする間もなく、哲也は沈下橋の上に、今度はしっかりと踏ん張って立っていた。

少し眩暈《めまい》がしたが意思の力で何とか堪えた。うっかりして保冷バッグを落とし、ビンプラールの瓶を割ってしまっては元も子もない。『理由』が彼を突き動かしていた。緑の山々が眩しい爽やかな日だった。

景色を眺める間もなく、保冷バッグを抱え一気に土手を登り、葛岡医院の戸を開けた。

白衣の祖父が驚いて飛び出してくる。

「ただいま戻りました」

祖父は嬉しそうに目を細める。

「二年も待たせおって。おまんの言ったとおり注射針には細心の注意を払っちょったぞ」

こちらでは、二年が経過していた。一年前に劇症肝炎で亡くなっているはずの祖父、時次郎はまったく変わらぬ姿で哲也を迎えている。

（やった。爺ちゃんの死を回避できた）

しかしながら、哲也がそう思ったのはほんの一瞬のことだった。

哲也が生まれる前に針刺し事故の劇症肝炎で亡くなったという祖父についての情報は、哲也の記憶からいつの間にか消え失せていた。

その代わりに、祖父時次郎の晩年の姿が哲也の記憶の中に存在していた。


七十歳を過ぎた頃、すなわちこの翌年から、祖父は急に物忘れがひどくなった。往診に行って道に迷うようになった。診療も覚束なくなった祖父に代わり、その年、父智志が葛岡医院を継いだ。

祖父の認知症は急速に進んでいった。穏やかだった祖父が時々ひどく周りに当たり散らし、それを悔いて落ち込み、やがて徘徊を繰り返した末に転倒し骨折、寝たきりとなった。

ぱっちりと異様に大きく見開かれた祖父の目。痩せ衰え寝返りすら打てなくなった祖父は、それでも幼い哲也を見つけると悪戯《いたずら》っぽく目で笑った。仲間を見つけた幼児のようだと哲也は思った。

寂しくて物悲しい、祖父の晩年の記憶が哲也の中に生まれていた。

今、哲也の目の前にいる祖父は、とても元気そうで、これからすぐに認知症を発症する人にはとても見えなかった。

（アルツカットが発売されたら、祖父の人生も変えられるのではないか）

過去を変えた結果が『今』であることも忘れ、哲也はそんなことを考えていた。

「二年経ったんですね、あれから。あっちの世界じゃ一週間くらいでしたよ。でも、私はどうして注射針に気をつけて、なんて言ったんでしょう？」

「記憶にないのか？」

祖父はそう言うと少し考えた後、哲也に話し出した。

「わしの未来は変わったということかもしれん。だからお前の記憶からお前の知っていた過去の出来事が消えた。まっ、とにかく、智志と陽子は昨年結婚して、今、陽子は妊娠しておる。少なくとも孫の顔を拝むことができそうなことだけでありがたい。いや、実際に元気に成長した孫とこうして会って話をしちょる。それだけで充分じゃあ」

「じいちゃん……」

「哲也、どんなに未来を変えたとしても、人間は必ず死ぬ。これだけはすべての人に平等やきね」

祖父は苦笑いのような表情を浮かべた。

「わしのことより陽子じゃ。妊娠六ヵ月で状態も安定しちょるようや。お前が話した治療を開始するには、悪くないタイミングやと思うがな」

「はい……」

陽子が妊娠する前に戻ってくることはできなかったようだが、妊娠六ヵ月を過ぎていれば、胎児の器官形成期は過ぎており、胎児に与えるリスクは高くはないと思われた。

「明日から、二人は休みを取って高知に戻ってくる。智志に話して治療を始めてもらうとよい。しかし、あいつがこんな話を信じられるやろか。そこのところが一番の問題かもしれんなあ。まあわしもできるだけ協力はするが……」

祖父に促され茶の間に上がる。

「失礼します」

声がしてすっと障子が開き、大柄で小太りの家政婦がお茶を用意してきた。

「フミ……さん……ですよね」

哲也は思わず声を出していた。初対面の男に名を呼ばれ、フミは驚いて立ち竦《すく》んでいる。

「智志の従兄弟よ。フミのことはわしがよお誉めておるき」

祖父はそう言うと、コホンと咳払いをして哲也を睨んだ。フミは安心した表情になる。

「なあんだ。驚きましたよ。そういえば智志坊ちゃまによく似ておいでです。髭があるかないかだけの違いみたいだ」

「おおそうよ。よう似いちゅう」

祖父もそう言って愉快そうに笑っている。

哲也の記憶よりもずっと若い、懐かしいフミの姿が目の前にあった。

祖父時次郎と父智志の二代に仕えた家政婦の中田《なかだ》フミ。陽子が亡くなった後、哲也の世話はすべてフミがした。

フミは何でもしてくれた。大きな身体、着物に割烹着姿のフミ。

食事を残したり、好き嫌いを言ったりすると厳しく諌《いさ》め、泥だらけの哲也の服を洗い、風呂にも入れてくれた。竹馬、メンコもフミが教えてくれた。学校の入学式にもついてきてくれた。

大学入学が決まり東京に行くときもお守りを用意し、身の回りの品をボストンバッグに詰めてくれた。

見送りに来た電車のホームで目に涙をいっぱいに溜め、ハンカチを握り締めていつまでもいつまでも手を振っていたフミ。

フミは哲也が大学に入った年に暇乞《いとまご》いをし引退したが、彼にとっては母であり、姉であり、友人であり、教師でもあった。

夕飯はフミの手料理だった。哲也が二十年近く食べてきた懐かしい味だった。

「ただいま戻りました」

翌日、智志と陽子が葛岡医院の玄関に立っていた。

時次郎と哲也、フミが迎えに出てくる。

「あらあ。哲也さん」

陽子が驚いた声を上げる。

「この方は……どなたですか？」

そう言って智志は、不思議なものを見るように哲也を見つめている。

「まあよい。とにかくお帰り。さあ、上がって、荷物を下ろしなさい」

少しお腹の目立ち始めた陽子を労《いた》わるように、智志が茶の間に入ってくる。


ひとしきり近況などを報告しあった後で、時次郎は智志に哲也のことを紹介した。

「お前たち二人の息子」であると……。

いったい親父は何を言い出すんだという表情でしばらく智志は黙り込んだ。

「そんな話が信じられるか」

顔を赤くして、急に智志が大きな声を上げた。

陽子は黙ってじっと哲也を見つめている。

「陽子のお腹の中にいる子が、目の前にいるこの人だなんて。信じる親父もどうかしている。いったいあんたは何が目当てで葛岡医院に入り込んだんだ」

「まあ、待て。この人が来た理由が大事なんや。わしの顔を立てると思って、最後まで話だけでも聞いてくれんか」

必死に時次郎が智志をなだめる。

「これが私の身分証明です」

　哲也は財布から免許証を取り出して、智志に渡した。

「昭和三十五年十二月十五日生まれだと……これから産まれてくる俺たちの子供の予定日じゃないか……こんな馬鹿馬鹿しいことがあるか、こんなものいくらでも作れるだろう」

　大きな声を上げて、智志は自分のポケットに、哲也の免許証を突っ込んだ。

　こんなことになるだろうと思い、哲也は自分の生まれた年の出来事をみっちりと頭に入れていた。

「私の話が嘘でない証拠をお見せしますよ。今日は昭和三十五年六月十五日ですよね。今は正午だ。夕方のニュースを見てください。不幸なお話で恐縮ですが、今日の午後、国会周辺のデモで東大の女子学生が一人亡くなります」

「馬鹿馬鹿しい。デモでの負傷者なんて毎日何人も出ている。安保反対で本郷はひどいもんだ。だからこそ、陽子の安全も考えてこの時期に戻ってきたんだ」

「いいですか。私は負傷すると言ったんじゃない。死亡すると言ったんです。そして、このことは大きな社会問題になり、やがて岸川内閣も倒れます」

「君は学生運動家か？　全学連か？」

「だったら今頃国会を囲んでデモに参加していますよ」

哲也は紙切れにさらさらと何かを書きつけて折りたたみ、智志に渡した。

「これは智志さんに持っていてもらいます。後で夜のニュースのときにでも開いてください」

「何のつもりだか知らないが、下らぬ手品につき合うつもりはない」

「まあ、よい。陽子さん。ちょっと外してくれるか。ここからはわしと智志、哲也の三人で話しておきたいことがある」


三人だけになった茶の間で、時次郎は哲也の『理由』を智志に話した。

「君は製薬会社の人間だと言ったな。人体実験が目的か？」

「製薬会社に勤めていても、私も研究者の端くれです。非人道的なことに手を染めるつもりはこれっぽっちもありません」

哲也はビンプラールと一緒に持ってきたいくつかの文献のコピーを智志に差し出した。

ビンプラールの開発の経緯、化学構造、基礎実験、臨床成績。ＳＲＤＴについて癌の専門誌に載った英文論文。智志はそれらを貪《むさぼ》るように読み進めていく。

「みんな西暦一九九〇年前後の論文だと。ずいぶんと手の込んだことをするじゃないか。ん、この論文の著者名M・Yasuokaというのは」

「ピッツバーグ大学で消化器外科の教授をされている安岡充先生です。『安岡メソッド』という外科の新しい技術開発で、世界的に有名な方です」

智志は黙って俯いている。

「つい先日、米国に留学することを俺に話してくれた……外科の未来について夢を語っていた男がいる……だとするとその安岡は……俺の同期だ……君は安岡充を知っているのか」

「面識はありません。しかし私の時代では非常に高名な研究者です。国際的にも評価の高い医学雑誌に多くの論文を載せられています」

俯いたまま論文をじっと睨みつけている智志の口許は小刻みに震えていた。


ふと気がつくと襖が開いて陽子が佇んでいる。微笑んではいるが、瞳は真っ赤に充血していた。

「私、哲也さんを信じるわ」

三人は驚いて卓袱台からいっせいに陽子を見上げる。

「聞いておったのか」

時次郎がうろたえて聞いた。

「あれだけ大声で話しているんだもの。聞こえちゃいますよ。それに、私の身体の問題じゃないですか。私たちの子供の問題じゃないですか」

「陽子。お前どうして……」

智志の声が震えている。

「昼ご飯も取らないで、ずうっと議論しているんだもの。お腹すいたでしょう。早めにお夕飯にしましょうよ。フミさんと二人で腕によりをかけたんだから」

気がつくともう日も暮れかかっている。ずいぶん長い間議論を続けていたことになる。

夕食の間も智志は哲也に質問を浴びせかけてきた。研究者として培った知識と、このために調べてきた癌治療の最新情報を駆使し、能力の限りを尽くして哲也は質問に答え、説得を続けた。

白黒テレビからニュースが流れてきた。

同時に、皆の目は画面に釘づけになった。

ニュースは、今日、昭和三十五年六月十五日午後、国会南門を突破した全学連デモ隊と機動隊とのぶつかり合いで多くの負傷者が出たこと。そして、東京大学文学部四年生の女子学生が死亡したことを報じた。

哲也に言われて、智志は昼間、哲也が折って渡した紙片を広げる。みるみるうちに智志の顔から血の気が失せていく。

紙片にはたった今テレビのニュースで報道されている女子大生の名前と同じ「樺田美知子」という名前が書かれていた。

「これは…どんなトリックだ？」

哲也が智志にメモを渡したのは昼前だった。すり替えでもしない限り、メモは女子学生の死亡時刻以前に書かれたものであることは明確であった。誰よりも智志がそのことを認識していた。

智志はふらふらと立ち上がった。

「混乱している。ちょっと頭を冷やしてくる」

「智志さん……」

陽子が心配そうに声をかける。

「心配するな。大丈夫じゃ」

そう言う時次郎に陽子は「はい」と頷き、そして哲也を穏やかな表情で見つめて言った。

「ありがとう哲也。嬉しいよ、立派になってくれて。私を助けに来てくれたんだね」

陽子の表情は、新婚の若い妻のものではなかった。落ち着いた所作、哲也を見つめる表情は母のそれであった。


翌朝、目覚めると枕元に智志が厳しい顔をして座っていた。哲也は驚いて跳ね起きた。

「すみません。厚かましく寝坊までして」

智志は、ふと穏やかな表情をつくった。

「いいんだ。それより君の言ったＳＲＤＴについてもう少し詳しく話が聞きたい」

「智志さん……」

「信じるよ。君のことを。トライしたいんだ。陽子に生き延びてもらうために」

昨夜とは打って変わり、智志は険のない穏やかな表情のまま話した。

気がつくと、陽子も襖を開けて頷きながらこちらを覗いている。

「ハイハイ、では、朝ご飯にしましょうね。親子三代揃った楽しい楽しい朝ご飯よ」

哲也が昨日渡した文献に、再度、智志が目を通している。

「始めるなら、早いほうがいいな」

頷きながら、智志はきっぱりとそう言った。

「陽子が了解するならば、市民病院の友人に頼んで今日中にでも精密検査をして、現在の状態をきっちりと把握しておきたいと思うが」

「お願いします」

朝食後すぐに智志は病院に連絡を入れ、その日のうちに検査を済ませた。

「君の言う通りだった。早期の膵臓癌を疑わせる所見があった。準備のほうは大丈夫だ。明日の早朝からSRDTをスタートさせたい。今の時代では未承認の薬剤だから、他の医者に手伝わせるわけにはいかない。したがって葛岡医院での点滴療法となる。しかし副作用などの予期できぬエマージェンシーな事態が起きれば、すぐに市民病院に搬送する」

一度こうと決めてからの智志の対応は、まさに脂が乗った切れの良い中堅の医師そのものであった。

（さすが親父だな。もう安心して見ていればよいんだ）

『今』は哲也と同年代ではあるが、父の姿は哲也の目には逞しく見えて、胸を張りたいような、誰かに自慢したいような気持ちがし、思わずそう呟いた。

「大丈夫、必ず上手くいくから」

陽子、時次郎、哲也の各々の目をしっかり見つめて、智志は力強く頷いた。

「お願いします、葛岡先生」

陽子も三人の顔を見つめて微笑み、誰にともなくそう言った。


ＳＲＤＴ・極低用量維持治療と名前は大袈裟だが、実際は極低用量の抗癌剤を毎日一回、ゆっくりと時間をかけて点滴静注するだけだ。その他には特別な治療をするわけではなく、平常通りに生活して構わない。

癌自体も自覚症状の出てくるよりずっと早いステージであったためか、薬が低用量であるためか、開始から三日間が経ったが吐き気、脱力などの自覚的な副作用もまったく表れなかった。

陽子も覚悟して始めたものの、少し拍子抜けという感じだった。皆が安静にしろと気を遣うため、かえって暇な時間が増えてしまう。効果が出ているからか、食欲もしっかりとある。体調もすこぶる良い。

祖父時次郎は診療、父智志は論文作成で忙しそうにしている。

陽子と哲也が一緒にいられる時間が長くなり、バイオレットブルーの点滴を打ちながら、陽子は自分のことをいろいろと哲也に話してくれた。


東京で、安保反対の国会デモに参加しようとして智志から怒られたこと。

智志はだっこちゃん人形とアイスクリームが大好物だということ。

陽子は石岡裕次郎が大好きだということ。

それを気に入らない智志がよこした、長い長いラブレターのこと。

「智志さんはね、医学論文を書くのは簡潔で有名らしいんだけど、ラブレターはもう大変。長くて長くて。話もあっちへ行ったりこっちへ行ったり、読み終わるのに二時間もかかったほどよ」

女の子供のいない時次郎が考えに考えた末、陽子にプレゼントしたのはかわいい熊のぬいぐるみだったこと。

陽子が喜んだことがよほど嬉しかったのか、実家に帰るたびぬいぐるみが増えていくこと。かわいいやつを見つけたら即座に入手しろと家政婦のフミに秘密指令が出ていたこと。

哲也が初めて聞く話ばかりだった。


「哲也は好きな人はいないの？」

陽子にそう問われて、哲也は裕子のことを話した。

初めて母、陽子を沈下橋で見たときに、裕子かと思ったこと。そして、裕子が大変な苦労をしてビンプラールを入手してくれたこと。

じっと聞いていた陽子は急に真顔になった。

「絶対にその人を放してはいけなくってよ。私も何とか癌を治して、長生きして、裕子さんにお会いしてお礼が言いたいわ」

「厳しい姑になっちゃうんじゃないの」

「失礼ねえ」

そう言って陽子はぷっと膨れ、「こいつめ」と哲也のおでこを突っついた。

「何だか、焼けるなあ」

二人のやり取りを見ていた智志がむくれている。

「何言ってんのよ。母親が、旦那様より息子のほうを愛しちゃうのは世の常よ」

「ちぇっ。すっかり母親ぶっちゃって」

拗《す》ねる智志を見て時次郎も哲也も笑った。


六日目の朝、哲也は起き上がることすらできないほどの強烈な倦怠感に襲われた。食欲も湧かない。身体が蒲団に貼りついたようだった。哲也の顔色を心配した陽子が時次郎と智志に相談した。

哲也の脈をとった時次郎は眉をひそめた。

「……代脈《たいみゃく》が出ちょる……心気虚《しんききょ》、臓器が衰弱しちょる……」

そう言って煎じてくれた漢方薬を飲んでも今回は症状に変化はなかった。


午後になって智志が厳しい顔で現れた。

「どうだい、少しは良くなっているかい」

「あまり……変わりません」

「そうだろうな。風邪でも、疲労でもないと思う」

「じゃあどうして……」

智志は厳しい表情のまま説明を始めた。

「陽子のお腹の中の『哲也』が、もう単なる『もの』ではなくなっているせいだと思う」

「どういうことですか？」

「物理学的に、同一物が、同一時間に、同一場所に存在できないということだ」

「確かに、僕が同時に二人いる……」

「そうだ。あってはならないことが起こっているんだ。このまま、お腹の中と外に、二人の哲也が同時に存在すること自体が危険なんだと思う」

「お腹の哲也を救うためには、未来の哲也はここから消えなきゃいけないってことですか」

「うん……残念ながら、そういうことだ」

智志は厳しい表情を崩さないいままそう言った。

難しい話だが、納得できるような気がした。

「残念です。もっと皆さんと一緒に過ごしたかったけど」

智志は黙って頷いている。いつの間にか陽子も智志の側に立っている。

「後は智志さんに任せて。ねっ、大丈夫よ。あなたが、あなたの世界に戻ったら、きっとお婆ちゃんになった私がいるはずだから。ずっと一緒に生きてきた楽しい記憶も生まれているはずだから。大丈夫よ、哲也。決してお前に寂しい思いはさせないから」

そう言って母は哲也を抱きしめた。

「母さん」

とても良い匂いがした。生まれて初めて母の匂いを嗅ぎ、母の温もりを知り、哲也は赤ん坊のように涙を流した。

「母さん、死なないでね、絶対に、絶対に死なないでね」

哲也は母に包まれてそう呟いた。


「今晩お発ちになるんですか。そりゃあ、また、急だこと。じゃあ、今夜は腕によりをかけて美味しいものをつくりますから」

身体の大きなフミは、急な話に目を丸くし、そう言って残念がった。

古くから高知県では客を招いて催す宴会を「おきゃく」と言い、鰹のたたき、姿寿司、刺身、煮物、和え物などが豪華に盛りつけられた「皿鉢料理《さわちりょうり》」が供される。

その晩の夕食は本当に豪華な「おきゃく」だった。

祖父がいる、父がいる、母がいる。

それでも哲也はまったく食欲が湧かず、ほとんど何も喉を通らなかったが、その晩は、生まれて初めてといってもよい、穏やかで幸せな気持ちで過ごすことができた。

(大丈夫だ。俺の世界に戻れば、これが俺の日常であったという新しい記憶に包まれているはずだ)

そう思ってみても何か寂しく、何か不安で、ここを去ることが恐ろしく感じられた。

「しょうがないわね。ほとんどご馳走に手をつけないんだから」

そう言って陽子は、杯台《さかずきだい》に載った伊万里焼の大皿から哲也に料理を取り分けた。

「これ美味しい。とても懐かしい味だ」

そう言って哲也は、高知県の山間に生息するタデ科の植物である「いたどり」の油炒めをやっと口にした。

「いたどりしか喉を通らないなんて、まったく経済的な子だ」

陽子が不服そうに呟くと皆が笑った。

「そうだ、忘れちょった」

そう言って時次郎がまた、カメラを持ち出してくる。

「あれ、父さん。またカメラを買ったのか」

ニコニコとカメラを取り出す時次郎を見て、智志が呆れ顔で言った。

「おう、こいつはえいぞ。レンズがえい」

そう言って、時次郎は三脚にカメラをセットした。


夜半、哲也は葛岡医院からゆっくり歩いて沈下橋に向かった。

見上げると満天の星空と月明かりで、橋上に自分の影ができるほどだった。それがぼうっと涙で曇った。自分は幸せだったんだと思った。

（でも、この気分の悪さは本当に父の言った理由なのだろうか）

どうしてか、哲也には母の胎内にいる「哲也」も苦しんでいるように感じられた。動物実験では胎児への影響は少ない時期のはずだが、本当に影響がないのだろうか。


ふと気がつくと、自分の身体が軽くなっているように感じられた。橋から橋へ時を渡る今までの感覚とは違っていた。

両手を広げて掌を見つめ、哲也は理解した。自分が薄くなっている。掌が透けて向こうの景色が見える。ゆっくりと首をひねってあたりを見回した。腕、足、身体、すべてがどんどん薄くなって透けて見えている。

（なんだい。やっぱりビンプラールは人間には毒性が強いんじゃないか。動物実験とヒトとは違うって自分でもわかっていたはずじゃないか。でも、お腹の中の俺には、助かってほしかったなぁ。母さんは綺麗だったし、父さんはきりっとしていたし、爺ちゃんは優しかったし……楽しかったなぁ。本当に楽しかったなぁ。俺、幸せだったんだよなぁ。でもごめんな、裕子……ごめんな。いなくなっちゃって）

そう呟いて、目を閉じ、微《かす》かに笑《え》みを浮かべると、哲也はほとんど薄く淡い空気のような存在になった。

どんどん淡く、沈下橋の上に哲也の影すら消えかけたときに、その場所から無数の蛍が放散するように四方に銀色の光を放って飛び去った。

その後には、仁淀川の流れを垂直に横切る、細い細い沈下橋が、ひっそりと月明かりに照らされているばかりだった。

同じ頃、陽子は尋常でない腹痛を訴えた。出血も確認され、智志は急いで市民病院に連れていった。

個室のベッドに横たわる陽子の傍らに立ち尽くし、智志は何も言うことができなかった。

「流産ですが、母体は何とか大丈夫です」

そう告げた医師は、身体を冷やさなかったかとか、転ばなかったかとか、何か薬を使っていなかったかと首を捻りながら質問した。

この時代では未承認の抗癌剤を点滴し続けていましたとは、とても説明できない。

「哲也が帰ってからしばらくして窓の外を見たら、たくさんの蛍が飛んで来たの。きっと、あれ、哲也だったのね」

青白い顔で、中空をぼんやりと見つめたままで陽子が呟いた。

智志は首を横に振り続けることしかできなかった。

「俺が哲也を殺したんだ……」

陽子は何も答えない。ただぼんやりと、病室の白い壁を呆けたように見つめ続けているばかりだった。


智志が医師であることから、翌日には、陽子を帰してよいという許可が出て、智志は陽子を連れて葛岡医院に戻り、十畳間に陽子を横たえ傍らに胡坐《あぐら》をかいて座った。

「お腹はすかないかい」

ずっと黙ったままの陽子に智志は優しく声をかけた。

返事はせずに首を横に振ってから、ゆっくりと部屋を見回し、陽子は突然、妙に穏やかな微笑を浮かべた。

その姿を見て、とうとう心を壊してしまったのかと智志は思う。

「智志さん。点滴を打たないと……」

「何を言っているんだ。自分の身体がどうなっているのか、わかっているのか」

陽子はそれには答えない。顔には赤みが戻り、いつもの元気な陽子に戻っているかのように見える。智志はその変化にただならぬものを感じ、陽子の精神の変調を確信した。


「点滴を打ってよ。ねえ智志さん。私、癌を治さないと。お腹に哲也がいなくなったんだからＳＲＤＴじゃなくても、抗癌剤の量を増やしてもよいんじゃないかしら」

「何を言い出すんだ。もう終わったんだって。わからないのか、胎児も、哲也もすべてなかったことなんだって。そんなことがわからないのかい。おかしいよ、陽子」

陽子は急に凛とした表情に戻り、部屋の隅を指差した。

「おかしいのはあなたのほうよ。あそこにある抗癌剤は誰が持ってきたの」

「……未来の哲也だ」

「でも胎児の哲也が死んだのだから、未来の哲也は存在しないはず。おかしいわよね、存在しないはずの未来の哲也が持ってきた抗癌剤で、胎児の哲也が死んでしまうなんて。はじめから哲也が存在しないなら、いなかったはずの哲也が持ってきた抗癌剤も、哲也との記憶も消えてしまうはずでしょう。でも、未来の哲也が存在しなかったのなら、どうしてあの子の記憶がはっきり残っているの？　どうしてあそこにビンプラールが残っているの？」

智志も陽子が指差したところに存在する点滴を見た。点滴瓶の中には昨日まで陽子に投与し続けたバイオレットブルーの液体が確かに存在していた。

「どういうことだ。どう考えたら良いんだ。私の記憶にも、今となっては存在しなかったはずの哲也の記憶が、はっきりと残っている」

「まだわからないの。簡単なことよ。私が癌を治し、その後哲也を出産するの。私たちの記憶に哲也が残っているってことは、そういうことなの。哲也はこれから生まれてくるのよ」

一九九四年三月

「葛岡さん……葛岡さん……」

……声の主は母ではなかった。

両国橋の袂に戻ってきた哲也に裕子が飛びついてきた。

「よかった。戻ってきてくれて……」

裕子は青ざめた顔をし、目には一杯に涙を溜めていた。

「何日経った？」

「ちょうど一週間よ。朝晩ずっとここで待っていたのよ。上手くいった？」

「ああ、時次郎じいさんは元気だった。母さんは……」

そう言いかけて、哲也は絶句した。

哲也の記憶の中には、つい今まで会っていた、若い姿の母しかなかった。

「おかしいな……おかしい。母の記憶、何も変わっていないんだ」

（大丈夫よ。あなたが、あなたの世界に戻ったら、きっとお婆ちゃんになった私がいるはずだから。ずっと一緒に生きてきた楽しい記憶も生まれているはずだから）

そう言った母の言葉がぐるぐると頭の中で回る。

「どうして……」

「わからない。とにかくマンションへ戻ろう。高知の親父に電話で確認する」

両国橋から哲也のマンションまで二人は大急ぎで走った。

一週間ぶりで戻った哲也の部屋の電話機には、留守録があることを示す赤いランプが点滅していた。

人工の音声がメッセージの件数を伝え、新しい録音から自動的に再生していく。

……新しいメッセージが、二件あります。最初のメッセージ。

大至急、お戻りになってください。今朝から意識も混濁しています。大至急お願いします。

ピーッ。三月二十日午前九時三十分です……

つい今しがた、十数分前のメッセージ。どこの女性だ？　間違い電話か？

……次のメッセージです。

哲也さんですか。葛岡医院の斉藤です。院長先生、具合がだいぶ悪いようです。哲也には連絡をするなとおっしゃるのでどうかとも思いましたが、先週からどうにも具合が悪いとのことで市民病院に入院されています。ご連絡お待ちしています。

ピーッ。三月十九日午後五時十五分です……

(親父のことだったのか？　親父が危篤？　親父、そんなに肝臓が悪くなっていたのか。正月に戻ったときには、まだ騙し騙し何とかなるよって笑っていたのに……)

「三月二十日午前九時三十分」のまだ十数分前の最初のメッセージは、間違いではなかった。危篤に至る父の状況を連絡してくれた葛岡医院の看護師からのものだった。

「どうしよう……」

裕子も青ざめ、すがるように哲也を見上げている。

「俺は実家に連絡を入れる。裕子、すぐに今から間に合う今日の高知便のチケットを一枚押さえてくれるか」

裕子は頷くとすぐに、近くの旅行社に向かった。

哲也が実家に電話を入れると、留守電にメッセージを残してくれた看護師が電話を取った。

「哲也さんですか、はい、市民病院には今叔母様がつき添っています。はい、もう意識はほとんどないようで……」

意識がないだと……何てことだ。

「わかりました。今日の便でできるだけ早く戻るからと伝えてください」

そう言って哲也は電話を切った。

「午前十一時半の羽田、高知便が取れたわ。大至急準備して。私、外でタクシーを捜しているから」

戻ってきた裕子はそう言いながらもう玄関で靴を履いている。

「ありがとう。すぐ行く」


取り敢えず身の回り品をバッグに突っ込み、通りに飛び出す。

近くの銀行に行った裕子が、タクシーを停めて待たせている。

哲也が乗り込むと裕子もさっと横に座る。

「チケット二枚取れたから。私も行くわ。いいでしょう。それからこれを持っていて。何があるかわからないでしょ」

そう言って裕子は銀行で引き出してきた一万円札を十枚、哲也に差し出した。手際の良さと、冷静さ。哲也は裕子の新たな面を見たような気がした。

「ありがとう、助かる。着いたらすぐに返すから」

そんなことは後でいいわよ、という顔で裕子は軽く頷いた。

「羽田までよろしいですね」

「大至急でお願いします」

二人は同時にそう声を出した。

高知便は定刻通りに羽田空港を飛び立った。

タクシーの中からじっと黙り込んだままだった哲也が、隣席の裕子にポツリポツリと話を始めた。

「ありがとうな」

「何よ、水臭い。お金のこと?」

「いろいろなことだよ。お金、気を利かせてくれたことも……ビンプラールのことも……こうして俺についてきてくれたことも……裕子に大変な思いばかりさせているな」

「しっかりしてよ。どうしちゃったの。情けない顔しないでよ」

一生懸命に明るく気丈に振る舞う裕子に、哲也もほんの少し微笑みを見せる。

「まだ正式にプロポーズはされていないけど、フィアンセのつもりよ、私。お父様にきちんと紹介してちょうだいね」

ＣＡの配るお絞りで手を拭き、コーヒーを一口啜って、哲也は首を捻っている。

「どうしてもわからないんだ」

「何が」

「状況が変わっていない。母はやはり俺が小さいときに亡くなっている」

裕子はすっと下を向いて、目をそらした。

哲也はそのときのことを思い出す。

しんと静まり返った十畳ほどの和室。その真ん中あたりに敷かれた蒲団の横に、小学校の入学式から戻ったばかりの、華奢で色白の少年、哲也がきちんと正座をしている。

その顔色は青ざめている。新調したグレーの制服に半ズボン姿で帽子を目深に被り、新しいランドセルを横に置いたまま、じっと俯いて一点を見つめて微動だにせず、ぎゅっと両の拳を握り締めて、正座を崩さなかった。

遅咲きの桜が連なる仁淀川沿道の麗らかさとは裏腹に、その部屋には硬く冷たい空気が充満している。

視線の先の蒲団には哲也の母が横たわっている。その顔は白い布で覆われ、彼以上にまったく動く気配はない。

いつの間にか家政婦のフミが後ろに座っていて、哲也の肩に両の手を置き嗚咽を漏らしている。父は、脱いだ白衣を手にしたまま、口を真一文字に結び、辛うじて涙を堪えるように、どこともない中空をぼんやりと見つめている。

どうしようもない切なさ、悲しさ、恐ろしさに身動きできず、涙さえ出てこず、ただただじっと正座している自分。

哲也はおもむろに上体を母のほうに倒し、小さな手を伸ばすと顔から白い布を取った。

透き通るような母の穏やかな顔がそこにはあった。

「辛いでしょう」

「いや違うんだ。子供の頃から母がいないのは、前と一緒だよ。いまさら辛いも何もない。そうじゃないんだ。理由がわからないんだよ」

「理由がわからない」

「状況が変えられないのなら、いったい何のために沈下橋は俺を過去へ連れていったりしたんだろう。実際、裕子にもずいぶんと大変な思いをさせたし、母を助けるという理由があったからこそ、過去と現在の二往復も可能だったのではないだろうか。そのところがどうにも納得いかないんだよ」

（私とあなたの絆を確認させることが理由だったのかしら）

裕子も納得したように頷いたが、少しだけ心の中でそう考えた。

「その上、親父の危篤だ。俺、何か間違ったのかな」

哲也の呟きを聞いて、今の考えは言葉にしなくて良かったと思い直した。

「まったく変わっていないんだよな。俺が小学校の入学式から帰ってきたときにはもう母は冷たくなっていた。今でもはっきりと覚えている。動かなくなった母さんの透き通った表情の美しさは」

哲也の呟きを聞き、裕子は驚いて顔を上げた。

「変わっているじゃない。お母様は、あなたが生まれた年に亡くなったって言ってたじゃない。小学校の入学式なんて言ってなかったじゃない」

哲也はしばらくぽかんとした表情で中空を眺めた。

「何てこった。変わっていたのか……それじゃあ、かえって辛すぎるじゃないか……」

そう言って哲也は頭を抱えた。


裕子には、もう一つ不思議なことがあった。戻ってきた哲也は何かが違っていた。行くときの哲也より、戻ってきた哲也は何だか少し若くなったように見えた。表情も穏やかで無精髭も綺麗に剃られ、無頼な感じが消えている。

裕子の先輩で、五つ年上、三十四歳の冴えない男だった哲也。それが裕子より三つ年上の三十二歳の元同僚になっていた。不思議なことだが、裕子の頭の中では、今の時点では二人の哲也の記憶が矛盾なく共存していた。やがて、今、目の前にいる哲也の記憶が唯一のものになっていくだろうということはなんとなくわかった。時に対する認識には個人ごとに時間的なズレがあるようだ。

高知空港には定刻通りに到着した。空港から市民病院までタクシーを飛ばした。

病院が近づいてくると、だんだん二人とも無口になってくる。何とも言えない緊張感が空気を支配していた。

病院への到着は午後三時を回った。

受付で病室を確認する。五階の個室。「個室」という言葉が危篤という状況を再度思い起こさせる。

エレベーターで五階に昇り病室へ向かう。

「哲也ちゃん」

市内に住む叔母が駆け寄ってきた。泣きはらした目が、父の危篤を実感させる。久しぶりの対面だったが挨拶を交わす余裕もなかった。

「何しとったん。早く会ってあげて。あなたのこと待っとったんやから……」

無言で裕子と二人、一礼をして病室に入る。

薄く目を閉じ、僅かに口を開けて、父、智志は静かに横たわっていた。

たった数ヵ月の間に、父の顔はすっかり痩せ衰えていた。短く切り揃えられた毛髪も真っ白に変わっている。つい先だってまで一緒だった若い日の智志の顔が今ベッドに横たわる年老いた父の顔に重なる。

「葛岡先生、息子さんが来てくれたよ」

ベッドサイドに立っている看護師が、父に向かい大きな声で話しかけた。

「耳元でね、しっかり声をかけてあげてください」

「親父、親父わかるか、俺だよ、哲也だよ」

耳元に口を近づけ、はっきりと話しかけた。

智志はゆっくりと、薄く目を開いた。黄色く濁って、薄くゼリーがかかったような目をしてはいたが、その瞳は確かに哲也と裕子を捉えたように見えた。

「お父様、裕子です」

そう言うのが精一杯だったのだろう。裕子は哲也の手を握り、嗚咽をかみ殺して、気丈に笑顔を作ろうとしながら、智志を見つめた。

智志の瞳は裕子を捉え、確かに、相好を崩したように見えた。そして再び軽く閉じられた。

「お父様、笑ってくれた……」

そう言った裕子の目から、大粒の涙が溢れている。

「うん。笑ったよ。嬉しいんだよ、裕子に会えて」

そう言ってから哲也も込み上げてくるものを抑えた。

背後に人の気配がした。

「ちょっとよろしいですか」

振り返ると、誠実そうな中年の医師が立っている。

「葛岡先生の息子さんですよね。葛岡先生の主治医をさせていただいている消化器内科の渡辺と申します。お話ししたいことがあるので少しお時間よろしいでしょうか」

そう言って渡辺医師は哲也を詰め所のような小部屋に案内した。

「こちらは」

「婚約者です。同席してよろしいですか」

渡辺医師は頷いて二人にスチールの椅子を勧め、自分も腰を下ろし向き合った。

「葛岡先生には大変お世話になっております。私も若輩者ですが、最後は君に任せると申されて……」

「ありがとうございます」

「いえ、私は何もしていません。先生はぎりぎりまで、ご自分でご自分の治療をされていました。何度も入院をお勧めしたのですが……本当に、お身体の続く限り診療をされておりました。そして、息子が来たら病状は正確に説明してほしいということと、臨終にあたって、無理な蘇生や延命は不要であるとおっしゃっていました」

「わかりました。勝手を言って申し訳ありません」

「とんでもない。私は医師としての葛岡先生の姿勢を、日頃から本当に尊敬申しあげております。ですから、できるだけご本人の意思を尊重してさしあげたいと思っております」

「ありがとうございます。それで…父の状態は……大変厳しい状況とは察しますが……」

「はい。医薬関係の方と伺っておりますのではっきり申しあげますが、長期にわたるC型慢性肝炎から肝硬変に進み、現在は肝細胞癌のターミナルステージです」

「末期……ですか……どのくらい……」

「はい、お会いいただいておわかりの通り、すでに危篤です。腹水もどんどん溜まってくるので昨日と今日、二度抜いております。その他には症状を抑える緩和的な治療以外は、ご本人の意思を尊重して侵襲の強い治療は行っておりません。転移はなく原発のみではありますが、すでに肝臓自体ほとんど機能していない状態です。大変申しあげにくいのですが、今夜が山場であるとお考えいただきたい」

「よくわかりました。……最後は、父の言った通りにお願いしたいと思います」

「……はい」

そう答えた渡辺医師も目を潤ませている。

誠実な人だ。だからこそ親父もこの人に任せたのだろう。

哲也の隣に座った裕子は、ずっと目にハンカチを押し当てていた。

昨日からほとんど眠っていないという叔母は、哲也が来て少し安心したようだった。一度家に帰ってくるという。

「着替えて少し休んでくるわ。哲也ちゃん、後をお願いできるかしら」

「はい。叔母さんも疲れたでしょう。何かあったら電話を入れますからゆっくりしていてください」

病室は静かだった。智志は相変わらず、目を軽く閉じて、規則的な寝息を立てている。

渡辺医師のはからいで余計なチューブや機器類は置かれず、心電図だけが現状をモニターしている。

「今日、何も食べてないよね。お腹大丈夫？　何か買ってこようか」

裕子が小声で言った。気がつくともう午後六時を回っていた。

「うん。ありがとう。叔母さんも来てくれるだろうから、おにぎりやお茶を少し多めに頼めるかな」

「はい」

そう言って、裕子は買い出しに出ていった。

哲也は折りたたみのスチール椅子に腰かけたまま考えた。

(どうして親父は肝炎を放置したのだろう。俺がレバガードを開発していることは知っていたのに。水臭いじゃないか。患者として治験に参加してくれれば、少しは予後も違っていたかもしれないのに……どうして母の治療も上手くいかなかったのだろう……何がいけなかったのか……どうすれば良かったのか……結局、俺が一人相撲を取っていただけなのか。それなら何のために俺は沈下橋に行ったのだ。『理由』は間違っていたのか……)

ふと見ると、父の目がぱっちりと開いている。若い日に重なるきりっとした表情で、にこやかに哲也を見つめている。

「親父……」

横たわったまま父は頷いて、語り始めた。

「哲也、心配するな。俺も母さんもお前にはとても感謝している。後はお前が裕子さんと幸せにならなくてはいけない」

「何だよ、親父。具合が良さそうじゃないか。俺、驚いて飛んできたんだぜ。あんまり人のことおどかすなよ……」

父は頷きながら微笑んでいる。

ここのところ、不思議なことばかりだったから、さして驚かなかった。

とにかく、父の容態は回復に向かったように見えた。

「親父、水臭いじゃないか。俺に何にも言わないで。何でもっと早くから積極的に最新の治療を受けなかったんだ。俺に言ってくれればレバガードの治験だって受けることが可能だったのに……」

「やったよ。いろいろとな……」

「えっ」

「やったけれど私に適した治療はなかったんだよ。奏効する治療はなかったんだ。副作用も強く出てな。だから元に戻って標準的、古典的な治療を自分で続けた。それしかなかったんだ。まあ、無理しないおかげで、ぎりぎりまで診療を続けることができたけれどどな」

「やったって……そんなことは聞いていない。それに元に戻ってってどういう意味？」

智志は穏やかに笑うばかりであった。

「何だよ、親父……でも、いいや、元気そうだから。きっと何とかなるよ。そうだ、教えてくれよ……母さんはどうして駄目だったんだ。俺、何にもわからなくなっちゃたんだよ」

智志は頷きながら、とても穏やかな表情で微笑むばかりだった。

「大丈夫だよ、哲也……ありがとうな」

「何だよ、そんなの答えになってないじゃないか。でもまあ良いか。今までごめんね。医者にもならず好きな研究ばかりして。高知の良さがわからなかったんだ。親父のすごさもわからなかった。いや、わかっていたけれど認めたくなかったのかな。子供だったんだよな、俺。これからさ、もっとちょくちょく帰ってくるよ。いろんなことを話したいんだよ。母さんのこともっと教えてほしい。だから裕子と一緒に帰ってくる。ちょっと気が強いけど良い娘だろう。結構料理とかも上手いんだぜ。母さんの若いときに、少し感じが似ていないかな」

カタンと背後で小さな音がしたような気がした。

「葛岡さん……」

戻ってきた裕子が、スーパーの袋を足元に落とし、口に手を当てて立ち竦んでいる。

「葛岡さん、起きて。大変よ」

そう言うと裕子はベッドサイドのナースコールのボタンに飛びついた。座ったままの哲也は、はっとして父を見つめる。父は目を閉じ、さっきまで規則的だった呼吸が不規則になっている。

（夢だったのか）

そう思って哲也も椅子から飛び上がる。

「哲也ちゃん」

虫が知らせたと言って叔母も病室に飛び込んでくる。

廊下を数名の人がパタパタと走る音が聞こえて、渡辺医師と看護師二人が飛び込んでくる。あたりの空気が急速に張り詰めていく。

しばらくの間不規則な呼吸を繰り返し、その後智志の呼吸は停止した。心電図もフラットになっている。

「ああ、お父様、死んじゃ駄目」

裕子が叫ぶ。

腹部に手を触れていた看護師が、大きな声を上げる。

「先生、腹部大動脈、触れます。蘇生を」

渡辺医師は返事をせずに直立したまま厳しい表情で、ベッドに横たわる智志を睨みつけている。

「先生、蘇生を」

看護師が繰り返し大声で叫ぶ。やがて意を決したように渡辺医師は口を開いた。

「蘇生は……しない。先生ご本人の意思だ」

驚いた表情の看護師を尻目に、はっきりとそう言った渡辺医師は、しばらくして、ゆっくりとベッドに近づいていった。極めて丁寧な手つきで、智志の胸に聴診器を当て、脈を取り、瞳にペンライトを当てて対光反射の消失を確認した。

丁寧で誠実な確認の作業を終え、智志の瞼を閉じ、蒲団をきちっと首のところまでかけてあげた後、渡辺医師は直立し智志に向かって深々と頭を下げた。

「葛岡先生……お疲れ様でした」

振り返った渡辺医師は目に涙を溜め、そして険しい表情で、極めてわかりやすい宣告をした。

「午後七時五十二分、葛岡先生はお亡くなりになりました。本当に残念です」

「智志ちゃん、智志ちゃん」

そう叫んで、叔母は父にすがりつき泣き崩れている。

裕子もベッドサイドに崩れるように蹲《うずくま》り嗚咽している。

哲也は直立して、一部始終を凝視していた。

全身の皮膚が神経になっているような感覚がして、微動だにしなかったが、不思議と涙は出てこなかった。

最期に自分に挨拶までして逝った父を、あっぱれだと思った。そして、あまりにも穏やかな臨終の姿に、畏敬に近い感情を覚えていた。

父の生き方は橋のようだったなと思う。

隅田川に架かる勝鬨橋のように立派で、頑丈で、有名な橋ではなかったかもしれない。研究者としての実績も、出世への希望も捨て、淡々と高知県の片田舎で町医者を続けた。その姿はまさに沈下橋のようだ。地元の人々が生活のためにいつでも渡れる橋。川の水嵩が増せば沈んでしまうけれど、だからといって流されることもなく、水位が下がれば元のように誰もが渡ることのできる、生活には欠くことのできない「橋」。

患者の具合が良くなれば「こたござんせん」と言って笑顔を見せていた「いごっそう先生」は、静かに旅立った。

通夜、葬儀は葛岡医院の近くの寺でしめやかに営まれた。

この村にこれだけの人間がいたのかと思われるほど多くの人々や、地元の医師会の先生方が、お別れに来てくれた。

会葬者名簿をチェックしていた哲也は、意外なものを見つけたような顔をした。

「東勇会総合病院の坂上透先生って知っている？」

「ええ。あまり話したことはないけど。うちの病院の消化器外科の先生よ。確か土佐医科大学の出身だわ。でも、わざわざ東京から来てくれたのかしら」

父、智志とはずいぶん年齢も離れているようだが、どこで接点があったんだろうと哲也は思った。


葬儀を滞りなく終え、哲也は父の遺骨を抱いて葛岡医院に戻った。

裕子が親類たちにお茶を振る舞ってくれている。

「葛岡医院もどうなるのかねえ」

寂しそうに叔母が言う。

「当分は今いらしている患者さんたちのために、土佐医大がパートで医師を派遣してくれるそうですが……すみません、一人息子の私が後を継げなくて……」

叔母の連れ合いが、いやいやと首を横に振りながら哲也を庇《かば》うようにぽつぽつと話した。

「哲也ちゃんが謝ることはないよ。智志先生はいつも哲也ちゃんのことを自慢していたよ。『あいつは俺と違って出来が良いから、こんな田舎にいちゃいけない。良い薬をたくさん創って、世界中の人々を治しているんだから』ってね」

叔母もしんみりと頷いている。

「言っていたよね、嬉しそうに。本当に哲也ちゃんのこと、自慢だったんだから」

「……そうだったんですか……」

思わず哲也はハンカチを目に当てた。

「時次郎さんの代の頃とは違ってね『この近くにも立派な病院がいくつかできたので、自分の代で役目は終わりでいいのだ』とも言っていたな。そのくせ休みもしないで患者のことばかり心配している人だったよ」

チャイムが鳴って、哲也が玄関に出ていくと、若い男が立っていた。

「この度はどうも……昔祖母が先生にお世話になりました」

男の後ろで、白髪で身体の大きな喪服の老婆が頭を下げている。

「フミだね」

哲也は思わず大きな声を上げた。

ハンカチで目頭を押さえながら、それでも少し微笑んでフミは言った。

「遠方なもので、遅くなってすみません。哲也坊ちゃん、お久しゅうございます。立派になられて……」

「とにかく上がってください。父も喜んでいます」

線香を上げて、じっと手を合わせた後、フミは深々と頭を下げた。

「先生のように偉い方が先に逝ってしまうなんてね。まったく神様も罪作りだ」

そう言ってフミはハンカチを目に当てる。

年を重ねてはいたがフミは元気そうだった。

「哲也坊ちゃんも、ご活躍と聞いていますよ。博士になられて大変な研究をしているって」

「どうぞ」

裕子が、フミと孫にお茶を勧める。

「奥様ですか」

フミが小声で哲也に聞いてくる。

「まだ結婚していない。婚約者だ」

「相変わらず煮え切らないお人だ。でも先生にお嫁さんになる方を会わせてあげられたんですね。そりゃ良かった」

裕子も少しはにかみながら挨拶をする。

「よろしくお願いいたします。河本裕子と申します」

「どう思う？　フミのご意見は」

今度は小声で哲也がフミに尋ねた。フミは目を細めて裕子を見つめている。

「お母様に感じが似ていらっしゃる。さすが哲也坊ちゃんです。素晴らしい方を見つけられて……先生も喜んでいらっしゃると思いますよ」

そう言ってフミは、目頭を押さえた。

「お世辞じゃあないだろうね」

意地悪く哲也が聞き返すと、フミは、今度は裕子にも聞こえるように大きい声ではっきりと言う。

「何をおっしゃいますか。フミは長いこと人を見てきました。良い方か、嫌な方かなんて、フミには一目でわかります。哲也坊ちゃん。決して裕子さんを離してはいけません。またとない良い御縁だと思いますよ、フミは」

母陽子と同じことを言って居住まいを正すと、フミは裕子の両手を掴み深々と頭を下げた。

「裕子さん、哲也坊ちゃんは先生と一緒で、口の達者な男ではありません。お母様を早く亡くされ寂しい思いもしてきました。でも心はとても優しい方です。それに、こうと決めたこと、約束は何としても守り通す男です。土佐のいごっそうです。決してあなたを悲しませるようなことはしない人です。どうかどうか末永く、仲良くしてあげてくださいねえ」

そう言ってフミは何度も頭を下げては目頭を押さえる。裕子も同じように何度も頭を下げ、頷きながら目頭を押さえている。

「フミさん。本当に、ありがとうございます。お父様にも、お母様にも安心していただけるように、必ず哲也さんと幸せになりますから」

「ああ良かった。これでフミももう何も思い残すことはありませんよ」

「何言ってるんだ。まだまだ元気でがんばってよ。結婚式にも出てもらわなくちゃ」

哲也は真顔になって言った。

何度も振り返り、お辞儀をしながらフミたちは帰っていった。残っていた親戚たちもすでに暇乞いをしており、葛岡医院は急にひっそりとした。

「疲れたろう」

「うん。あなたも疲れたでしょう」

「仕事もずいぶん休ませちゃったね」

「お父様が亡くなったんだもの、当然よ。仕事は大丈夫だから」

「今日はゆっくり休もう」

「うん」

「戸締りをしないと……」

皆が帰った葛岡医院は、外で鳴く虫の声が響くほど静かだった。

「何だか怖いわ、一緒に行かせて」

裕子は腕を絡めてくる。

二人で手を繋ぎ二階から戸締まりを確認し、最後に診察室を確認する。

智志の性格を表すように、診察室はきちんと整頓されていた。

明日からでも、いつものように診療を始められそうだ。

ふと、本棚の医学書の中に、薄茶色の古びたブックカバーがかかった何冊かの本が並んでいることが気になった。

もう何十年も経っているかのように、ページも黄ばんでぼろぼろになっている。所々に線が引かれ、智志が繰り返しそれらを活用していたことがわかる。

「医薬品副作用の歴史」「今日の診療方針」「保健薬事典」……汚れた体裁とは裏腹に、それらの書籍の発行年度は、いずれも昨年（一九九三年）であった。

「どういうことだ？　最近の本がこんなに古びて……しかもカバーをかけてある……」

「哲也さん」

「どうした」

「あれ」

裕子が指差した診察机の上には、やはり古びたビニールカバーがかかった焦げ茶色のアルバムが誰かに見られるのを待っていたかのように、きちんと置かれている。

「何でこんな所に」

そう言って扉を開けると、『葛岡哲也様』と書かれた真新しい封筒が挟まっていた。

「親父の字だ……」

封筒を手に取り、アルバムを捲った哲也は、「あっ」と声を上げていた。

「どうしたの？」

「これ……」

そう言って立ち尽くしている哲也の両目から、ぽろぽろと大粒の涙がこぼれ落ちている。

アルバムの見開きに貼られた、二葉の古い写真。

一葉は、哲也を挟んで祖父時次郎と母陽子が並んでいるモノクロの写真だった。

もう一葉は、古びて少し変色してはいたが、カラー写真であった。大きな皿鉢料理が載った食卓を囲んだ家族の写真。

時次郎、智志、陽子、フミが哲也を囲むように写っている。

「この写真、子供の頃にも見たことがある。でも、俺が一緒に写っている写真だなんて気づきもしなかった……」

「良い写真ね。皆穏やかで、優しい表情で写っているわ」

「うん。爺ちゃんが撮ってくれたんだ。それを親父が残してくれた」

「手紙……」

「ずいぶん分厚いな。開けてみようか」

診療机の引き出しにあった鋏で丁寧に封を開け、哲也は父の手紙を読み始めた。

葛岡哲也様

これをお前が読むときには、私はこの世からいなくなっているだろう。

そして、お前は何も変わっていなかった現実に落胆しているのではと思う。

結局母を助けられなかった自分自身や、藪医者の私を恨んでいると思う。

しかし、運命を恨んではいけない。

何度も何度も、過去を変えようと考えてはいけない。

あのとき、お前の祖父はお前を信じた。陽子もそのまま受け止めた。

ただ一人、私だけは、どうしても信じきれなかった。

いくらお前と議論しても、いくらお前が未来の証拠を突きつけても、研究者としての懐疑心が、理論を超えた事実を認めることを拒絶したのだ。

途方にくれた私はあの晩一人で沈下橋の上に立った。夜空は満天の星だった。

宇宙に放り出され、天の川で溺れているような気がして私は放心していた。

ふと我に返った私は、お茶の水にある聖橋《ひじりばし》の上に立っていた。

空気の味が変わっていた。一九九四年正午の日本だった。

これはお前の話していた世界だと、すぐに理解することができた。

駿河台下へ向かいながら、三十四年後の人々や町のたたずまいの変貌に驚いた。街頭に溢れる高性能の電気製品や人々の個性的な衣服や髪型、すべての色彩が豊かになっている。

三十四年後の日本は私の知っている日本とは別の国のようだった。

神保町の大きな書店に入った私は、医学書売り場から何時間も動くことができなかった。ありとあらゆる医学書を手に取って拾い読みし、医学史、薬害についての本を読み、お前の言っていたことがすべて事実であると信じるに至った。

書籍を買う金を作るために、質屋に時計を預けた。ポケットにお前の免許証が入っていたから、それを身分証明にして、私の腕時計は簡単に質草にできた。非常に保存状態の良いアンティークだと言われ、かなりの金額で質草になった。私の世界では新品なのだから当然ではあるが、お前の世界ではつい先日のことだ。質に流さないで、形見にでもしてもらえるとありがたい。

私は書店に戻り、買えるだけの医学書を買い漁った。

自分の研究生活にとって、これはとてつもないアドバンテージになる。これを持って過去に戻れば、ノーベル賞だって夢ではないと、本当にそう思った。

それから、本郷の東大キャンパスを散策した。何人かの同級生や後輩が要職に就いていることもわかった。国立大学は予算が少ないのか、東大病院のイメージだけは私の時代とあまり変わってはいなかったな。

それから何かに呼び寄せられるように神田駅へ向かい、北口からアーケードを抜けたところにある小料理屋に入った。


そこで、若い酔客が、カウンターに座った私に話しかけてきた。

その男は、レバガードという新薬の開発中断でずいぶんと悔しい思いをしているようだった。

後から来た裕子さんを見て、母さんかと思って驚いたよ。会えて良かった。お前のことを本当に心配してくれている。凛とした良い娘さんだ。

カウンターでお前は、私の心にずしりと堪えることを言った。

『あなたが東大の先生か、医科歯科大の先生か知らないけど、俺の親父にはかなわない。東大の仕事を捨てて高知の片田舎で祖父の診療所を継いで、地域に根ざした医療を実践している。親父の努力で村は全国でも有数の長寿村といわれるようになったんだ』と。

正直参った。そして理解した。

私のこの体験はノーベル賞を取ったり、出世をしたり、自分を利するためのものではないのだと。

立派に育ったお前は未来の私を誇りに思ってくれている。それがわかっただけで涙が出るほど嬉しかった。私は自分の役割をそのときにはっきりと悟った。

未来を変えることはいけないかもしれないが、知ってしまった事実を目立たぬように故郷の人々の健康のために役立てるなら、神様も怒りはしないだろう。

将来、副作用や薬害を起こす薬剤や治療法を知り得た私は、それらを処方したり取り入れたりすることを注意深く避けるというスタンスで診療を行った。

長寿村とか名医とか誉めてくれる人がいるとしたら、実はこういう種明かしがあったということだ。私が優秀であったということでは決してない。

お前より少し早く店を出た私は両国橋に向かった。ここに来れば私は戻れるのだと確信していた。

どうやら橋というのは、時の流れも跨いでしまう力を持っているようだね。

突然お前の提案する抗癌剤療法に同意した私に驚いたと思う。

実はこういった経緯があったのだ。

治療はお前の提案通りのスケジュールで進められた。

見守るお前の顔色がすぐれなくなったことに真っ先に気がついたのは陽子だった。胎児の心音も弱っていた。胎児の器官形成期を過ぎれば、この治療なら胎児に影響は与えないとお前は説明してくれた。しかしそれは動物実験からの推察だ。通常量でかなり強い毒性のある薬物だ。少量投与でも影響が出ておかしくはない。事実、お前には悪影響が出つつあった。

お前を未来に帰した直後に、陽子はお腹の子供を流産した。

途方にくれた私に向けられた陽子の凛とした微笑を今でもはっきりと覚えている。

しっかりと私の目を見据えて陽子は言った。

「胎児の哲也が死んだのだから、未来の哲也は存在しないはず。はじめから哲也が存在しないなら、いなかったはずの哲也が持ってきた抗癌剤も、哲也との記憶も存在しないはず。未来の哲也が存在しなかったのなら、胎児の哲也は流産にならないはず。つまり哲也は二人存在したの。最初に助けに来てくれた哲也の抗癌剤で癌を治し、その後、哲也を出産するの。私たちの記憶に哲也が残っているってことは、そういうことなのよ」

そして、陽子の膵臓癌は縮小し、二年後、お前は元気に生まれてくれた。

陽子の癌もしばらくは抑え込めたかに見えた。出産後しばらくは無症状で、私たち家族は本当に幸せな時間を持つことができた。しかしながら陽子の癌は、お前が小学校に上がる前には再発していた。しかもすでに、ビンプラールは使い切ってしまって手元にはなかった。


それでも陽子は、本当に満足そうに微笑んでお前を抱きしめ、慈しんだ。

結局お前の小学校の入学式の日、お前の帰りを待たずして陽子は亡くなった。

それでもお前の言っていた、出産後すぐに亡くなるという話よりは六年ほど長く生存させることはできたと思う。お前は母を救ったんだ。私も救われた。陽子とのかけがえのない時間を延ばしてくれたのは哲也、お前だ。

その間に、親父が急に弱った。ちょっと危なっかしくて診療を任せられる状態ではないと判断した私は、陽子と親父の面倒を見、お前を育てるためには、故郷に戻るしかないと判断し葛岡医院を継いだ。

そして、この通り恥ずかしながら私も肝炎を放置して肝臓癌にまで至ってしまった。

本当に藪医者だな。

お前はなぜ相談してくれなかったのか、なぜレバガードの治験に参加しなかったのかと怒るだろう。

レバガードの開発状況は私も注目していた。良い薬だ。上市され多くの肝炎患者の福音となるだろう。

しかし敢えて一言言わせてもらおう。あのとき、酔ったお前は開発中断の話を私にしながら、

『副作用の頻度は低いと推定される。一パーセント未満だ。薬は有効性と副作用というメリット、デメリットを考慮して、メリットが上回ればそれは必要な薬剤だ。それがわからぬ会社は馬鹿だ』と言った。

しかし哲也、患者にとって副作用はパーセンテージの話ではない。起きた一人の患者にとっては、百パーセントの副作用なのだ。

このことを忘れた国、製薬会社、医療者たちが今までの不幸な薬害の歴史を作ってきた。もし私がレバガードの治験に自らチャレンジして副作用を起こしたら、

お前はどんな気持ちになるだろう。

そう思った私は、従来の無難で標準的な治療法を自らに継続してきた。しかし、それも限界まで来てこの体たらくだ。

学問は大切だ。しかし医学は化学や統計学だけでは成り立たない。

現代医学の力の及ばない回復力や精神力を人間は誰でも持っている。

医師にできるのは、祈るような気持ちでそういった力を引き出す手伝いをすることだけだ。

私が次々と発売され、画期的と宣伝される新薬をできるだけ避け、予防医学や親父の代から取り入れていた漢方医学に重点を置いて診療してきたのはそういう理由だ。

医学や薬学の力を過信してはいけない。

人は自然と調和してこそ生きていける。

そのことだけは覚えておいてほしい。

そうすれば、お前はもっと素晴らしい研究者になれる。

時の流れを意識するのはこの世の中で人間だけだ。そして、時の流れなんてものは、あるといえばある、ないといえばない。それだけだ。ただ少しだけ時空の異なる『現在』が、多重に、無数に存在する。沈下橋のおかげで、私たちの人生ではその多重の存在が若干挟雑《きょうざつ》した。それすら、宇宙という大きな調和の中では小さな小さな点に過ぎない。

一度生まれて一度死ぬということ、これだけは人間に平等な事実だ。変えることは神様にもできない。仮に過去を変えたからといって幸せになれる保証もないし、変わったとしても、人間はその変わった事実に気づくこともできない。最後になるが、レバガードは良い薬だ。お前の言った通り、副作用のデメリットを差っ引いても多くの肝炎患者の福音となるだろう。

ここは終点ではない。これからがお前にとっての本当の出発だ。あきらめるな。未来は必ず開ける。

陽子と少しでも長く過ごせたこと、お前を息子に持てたことを幸せに、誇りに思っている。

ありがとう。

平成六年三月　　葛岡智志

「哲也さん。大丈夫……」

哲也から一枚一枚と読み終わった手紙を渡され、一緒に読んでいた裕子の目からも大粒の涙が溢れていた。

「母さんの言ってた通りだ。親父のラブレターは本当に長たらしいなあ」

そう言うのが精一杯だった。涙が溢れて止まらない。哲也の肩に裕子の手が置かれる。

「結果的に俺、何にもできなかった」

「そんなことないよ。親孝行したよ、頑張ったよ」

俯いたまま、裕子の言葉に子供のようにうんうんと頷く。短い間に出会った大切な人々の思い出がぐるぐると哲也の頭の中を駆けめぐった。


沈下橋の上で哲也を抱き起こしてくれた母の顔。

じっと話に耳を傾けてくれた、祖父の眼差し。

何時間もの議論にも屈しなかった、若い父の姿。

重い肝臓病を抱え、それでもぎりぎりまで診療を続けた、年老いた父の姿。

愛しい人々の面影が、次々と心に浮かんでくる。

（俺は孤独ではなかった。こんなにたくさんの優しい思い出を持っていたんだ。こんなに愛されていた。こんなに大切にされていたんだ）

「やっとわかった気がする。このことを自分に気づかせることこそが理由だったんだ」

「そうだよ、哲也さん。独りじゃなかったのよ。今までも……これからもよ」

裕子の言葉に、哲也は何度も頷いた。

お互いの、どうしようもない泣き顔を見つめ合って、終《しま》いには、泣き笑いになった。

哲也は裕子をしっかりと抱きしめた。

「俺と、ずっと一緒にいてくれるか」

裕子は、悪戯っぽく微笑んで言い返す。

「それ、正式なプロポーズとして受け取っていいのよね。でも、少し遅すぎるわよ。お父様なんか三十年以上前から了承済みなのに」

「そうだな。そうだったな。ただし出世しないぞ。左遷されたし、開発は中断だし」

そう言われて裕子は、はっとしたように真顔に戻り、抱き合った腕を振りほどいて、

「お父様の手紙……」

哲也の手から手紙を取った。

「手紙がどうした」

「最後のところよ。レバガードが患者の福音になるだろうって書いているわ」

哲也はもう一度手紙の最後の一枚をじっと読み返した。

「本当だ。まるで見てきたかのような書き方だな」

裕子はしっかりと哲也を見つめ、頷いて言った。

「そうよ……。お父様は見てきたのよ」

哲也は目を見開いて、しっかりと裕子を見つめ、コクリと大きく頷いた。

第二幕　包囲

一九九四年四月

渋沢製薬医薬品営業本部・東京支店病院部課長の土屋慎一は、神楽坂にある賃貸のマンションに住んでいた。ここから飯田橋まで出れば、市ヶ谷にある東京支店の入っている本社ビルまでは一駅でアクセスも良い。天気の良い日は運動がてら徒歩で出社することもあった。土屋は新年度が始まる四月一日のその朝も、少し早めに家を出て、歩いて会社に向かった。外堀通りを市ヶ谷方面に向かって堀に沿って歩き、信号を左折して一口坂を上る。早朝でまだ通勤、通学の人通りは少ない。法政大学の前を通りすぎ、靖国通りを越え突き当たりの社会保険事務所を右折すると間もなく渋沢製薬の本社ビルが見えてくる。


本社ビルのエントランスでは警備員が直立してお辞儀をする。

「おはようございます。大変ですねえ、早くから」

土屋も挨拶を返しエレベーターに向かう。まだ誰も出社していない三階オフィスフロアの電気を点ける。七時二十五分。シュレッダー、プリンター、コンピューターを次々に立ち上げると、支店長の大隅武志《おおすみたけし》が入ってくる。

土屋は即座に姿勢を正した。

「大隅支店長、おはようございます」

ちょっと見は太目な土屋だが、その実まったく贅肉のない筋肉質のごつい体躯をきゅっと縮め、直角以上に身体を折り曲げて丁寧にお辞儀をする。

「やあ、おはよう。土屋課長はいつも早いねえ。どう、今日の数字は」

土屋はすでに立ち上げているデスクトップコンピューターから東京支店の販売状況の速報をプリントアウトし、恭《うやうや》しく大隅に手渡す。昨日現在の販売数字の進捗状況はあまり良くない。

大隅の機嫌が悪くなることを予想して、土屋は給湯室に向かいコーヒーを淹れる。

土屋がフロアに戻ると、想像通り大隅は、支店長席で小柄で細身の身体を大きく見せるかのように身体を仰《の》けぞらせ、ヘビースモーカー独特の土気色をしたカサカサの顔の眉間に深い皺を寄せて数字を睥睨《へいげい》している。土屋はコーヒーと灰皿を大隅の前に置く。

「立川エリアがひどいな。高田は所長にするのは早すぎたな。野郎、理屈ばっかりで身体が動かねえから部下がついてこねえんだ。土屋、お前のほうが器だよ。来年の四月は楽しみにしておけよ。お前の行動力と指導力は評価しているんだから。率先垂範《そっせんすいはん》あるのみだよ。城南エリアもどうしようもないな。所長の長田はしっかりしているけど、課長が盆暗《ぼんくら》だからここも結果が遅いんだ」

煙草に火を点けては消しながら販売数字を分析している。小一時間経つと、今度は受話器を握り締めての叱責が各事業所に飛ぶことになるだろう。

（来年の話をすると、鬼が笑う。今度とお化けは見たことがない）

毀誉褒貶《きよほうへん》の激しいこの男の「来年の話」を期待しすぎて裏切られ、精神のバランスを崩したり、職場を去っていった仲間がどれほど多かったか。それでも決してそうした原因を自分のせいだとは考えない無神経さで、ここまで出世してきた。

失敗は部下のせいに、成功は自分の手柄にして、しゃあしゃあと出世している輩ばかりのこの会社で生き残るためには、どんな手段を使ってでも薬の採用先を増やし、数字で結果を出し続けるしかない。

歴史と伝統のある渋沢製薬。創業者の孫、三代目社長の女性をめぐるトラブルは写真週刊誌に取り上げられ、ひどく世間を賑わした。そこにたたみかけるように、トイレタリー部門の上層部の独禁法違反の不正な取引がマスコミにすっぱ抜かれ明るみに出た。

不祥事続きで渋沢製薬は実際の企業規模以上に茶の間の有名大企業になっていた。

そして、不祥事以降に始まったリストラ。人間関係の悪化や販売数字追求のプレッシャーなどから心のバランスを崩しドロップアウトしていった仲間たちは少なくない。誰もがぎりぎりのところで仕事を続けている。現状、何とか会社の屋台骨を支えているのは土屋の所属する、医薬品営業本部といってよかった。


そして今日四月一日、一人の仲間がこの支店に配属されてくる。同期入社ではあるが、彼は大学院で博士号を取っているので年は土屋より少し上のはずだ。

最近、中央研究所は新薬開発の実績をいつまでも出せなかったり、開発に躓いたりした研究員を営業現場へ異動させる人事を連発していた。現場感覚を身につける経験と称した事実上の左遷である。

多くの研究員たちは、その内示を聞いただけで会社から去っていく。

辞めなかったとしても、支店の学術担当員としての営業担当のサポート活動や副作用調査などで、直接医師や薬剤師たちと面談を行うことになる。医療現場に密着した営業業務は、長い間研究所という閉塞空間で試験管を振ったり、マウスやラットなどの齧歯《げっし》類とのつき合いしかしてこなかった者には前職とのギャップがあまりにも大きい。ストレスも溜まる。

実際「現場感覚を身につける経験」を終えて研究所に戻ることのできた人間はほとんどいなかった。

（しかし、この男は違う。この男だけは、このまま現場で潰してはいけない）

土屋は決意を新たにするように呟いた。


ふと思いついたように顔を上げた大隅が、来客室へ来いと声をかけた。

大隅が人を叱りつけるときは、フロア中央の支店長席へ呼びつけ、皆から見えるように立たせてさらし者にする。来客室に呼びつけるときは、接待や金銭絡みのあまり表に出したくない相談事のときだ。土屋は決して彼の腹心になるつもりはなかったが、腹心のふりをする必要のある上司だと判断し、面従腹背《めんじゅうふくはい》を決め込んでいた。

「失礼いたします」

「まあ座れや」

土屋はお辞儀をして大隅の向かいのソファに腰を下ろす。

「本当にもう少しの辛抱だ」

「はっ」

「来年の四月、いやこの九月でもいいと俺は思ってるよ。土屋、お前にはそれだけの実績と器がある」

「滅相もございません」

「謙遜するな。立川営業所長か、できれば横浜支店長まで引き上げてやる。俺にもそれだけの芽が出てきた」

「ありがとうございます。本当に光栄です」

土屋は慇懃《いんぎん》に頭を下げた。

この男が自分の下にいる人間を持ち上げるときには、必ず何か見返りの条件を求められることを、土屋は経験的に知っていた。

大隅は改めてソファに反り返って膝を組み、煙草を咥える。すかさず土屋はライターの火を大隅に近づける。

「ところでな。今日、中央研究所から配属されてくる葛岡哲也ってのは、お前の同期だってな」

大隅の真意を測りかねた土屋は、温和な表情をつくったまま頷いた。

「はい。彼は大学院卒ですし、ずっと研究畑ですから、あまり接点はありませんが」

「そうか。ならなおさら良い。実はなあ、まあ噂は耳には入っているかもしれんが、やつは要注意人物なんだそうだ。レバガードの開発で失敗をやらかし、それを隠蔽しようとしたそうなんだ。だが残念ながらまだはっきりとした証拠がない」

（嘘だ）と土屋は思ったが、表情には出さず神妙な顔で頷きながら大隅の話を聞いた。

「中央研究所の奥貫所長、おっともうすぐ取締役となる奥貫さんは、自主的にお引き取り願いたい気持ちで異動させたらしいんだがな。鈍感なやつらしくて、とうとう今日、のこのことこの東京支店に出社してくる。そこでだ、お前のことを信頼して言う。葛岡をしっかり見張ってくれ。研究上の秘密をいろいろ握ってもいるようだから逆切れされても困る。やつの行動をしっかり見ていて、何か変なことがあったらすぐに俺に報告してほしいんだ。奥貫さんからもそう頼まれている」

（会社が動き出した）

土屋は、それまで自分がぼんやりと持っていた疑いが確信に変わったと感じた。

「そうですか。おっしゃることの意味はよくわかりました。確かに私が一番彼には近づきやすいでしょう。できるだけ頑張ってみます」

うんと頷いて大隅は相好を崩した。

「さすが土屋だ。俺が見込んだやつだよ。今度寿司でも喰いに行こうな」

「ありがとうございます」

土屋がまた深く頭を下げると、大隅は何かポケットをごそごそと探っている。

「それから、これ。ちょっと頼むわ。予算は俺のところで構わんから。金は精算が戻ってからで構わない」

そう言って皺だらけの領収書を土屋に渡すと大隅はテレ笑いをしながら頷いて、(話はここまでだ)という表情をする。土屋は立ち上がり「ありがとうございました」と直角にお辞儀をして応接室を後にした。

領収書は笹塚の寿司屋のもので会社名も人数も空である。金額は五万二千円と入っている。どうせ愛人と行った店のもので、自ら精算する度胸もないのだろうと土屋は思った。

市ケ谷にある渋沢製薬本社ビルは、歴史的な建造物としての充分な威厳を持って鎮座している。医薬品営業本部東京支店はその三階にある。

その入り口付近で、着慣れない濃紺のスーツに身を固めた長身の男が、寝癖の取れない髪を揺らして、おどおどと支店のフロアを見回している。

「いよう。よく来た。葛岡先生」

大きな声でそう言って肩をぽんと叩いたのは土屋だった。

東京出身の土屋は理系の哲也とは違い、私立大学の文科系学部出身。学生時代は少林寺拳法のインターカレッジで上位に入賞した猛者《もさ》だ。身長は哲也より低く太目だが、その実、まったく贅肉のない格闘技の選手のような、筋肉質のごつい体躯がスーツの下には隠れている。

また、部下思いで、涙脆い性格。物腰も柔らかく、理科系や薬学出身の人間よりも優秀な営業成績を残し、同期でもトップレベルの早さで課長に昇進していた。

「先生はやめろよ。同期じゃないか」

哲也がちょっと眉をしかめて言った。

「いや、同期といっても大学院卒の葛岡先生より、俺のほうが年下だし。研究所から来る人は皆プライドが高いから」

「そんなエライ人じゃないのはわかっているだろう。先生はやめてくれよ。葛岡でいい。営業現場は初めてでまったくの素人だし、本当に皆大先輩だと思っているから」

土屋は呆れたように、哲也の顔をしみじみと見つめる。

「博士号を持っていてそう言えるかあ。普通営業なんか小馬鹿にしてかかるけどな。研究所からレバガードのチームリーダーまでやった人が配属されてくるって、皆結構緊張しているんだぜ」

　そう言って土屋は周りを見回す。二人のやり取りを遠巻きに眺めている大勢のＭＲ（医薬情報担当者）たちの緊張がほぐれていくのが感じられた。

「俺の大事な同期の葛岡哲也君だ。冷たくするんじゃねえぞ。新しいお友達として仲良くしてあげてくださいね」

　土屋がお道化《どけ》てそう言うと、周囲から打ち解けた笑いが漏れてくる。哲也も思わず立ち上がって、お辞儀をする。

「よろしくお願いします」

　土屋は何気ない素振りで大隅支店長のほうを向き、目を合わせた。

　大隅は「それでよい」と言いたげに、満足そうな表情で小さく頷いた。

　土屋はフロアのスタッフに一通り哲也を紹介して回った後、哲也の耳元にそっと顔を寄せ、小声で呟いた。

「どうだい、今日帰りに」

　そう言ってコップを傾ける仕草を見せた。気取らない仲間がいるという安心感で、哲也も少しだけ肩の力が抜けるような気がした。

「ありがとう。喜んでお供するよ」

「ここだ」

新宿三丁目交差点の待ち合わせ場所で土屋が手を振る。

「すまん。待ったかい」

哲也が足早に近づいてくる。

「いや、俺も今来た。新宿なんかで申し訳ない。銀座か何かもっと洒落た所じゃなくってがっかりしたろう」

「馬鹿言うなよ。接待じゃあるまいし。感謝しているよ」

「少しだけ歩くよ」

そう言って土屋は細い路地に入っていき、小さなビルの階段を下り、「隠れ家」的な造作の店に入った。

「予約の山本です」

「いらっしゃいませ。お座敷個室で三名様ですね」

そう言って店員は奥まった個室に二人を案内する。

「山本って、それに三名？」

「んっ、仮名だよ。後からもう一人来る。ちょっといろいろ相談したいこともあるんだ。まあここなら会社の偉い人は絶対に来ないからね。念には念を入れてってことかな。取り敢えず、生ビールでいいかな」

土屋は悪戯っぽく笑う。店員がビールと先付けを持ってくる。

「乾杯だ。これからよろしく」

土屋はにっこりと笑って頷く。

「こちらこそ。一緒の支店になるとは思わなかった。土屋がいてくれて心強いよ」

一見、浮世離れした印象を持たれやすいが、本当はこの人懐っこさ、ほうっておけなさが葛岡の持ち味だな。本当に厭味のない笑顔だと土屋は思う。

乾杯を交わし二人は生ビールを一息に呷《あお》った。


しばらくの間お互いの近況などを話し、ふと見ると土屋が真剣な顔つきになっている。

何から話せば良いのか迷っているようにも見えた。

「どうした。何か言いたいことでもあるのか。営業本部は初めてだが、俺のやってきた研究で現場の役に立つことがあったら遠慮しないで言ってくれ。こうして声をかけてくれて本当にありがたいことだと感謝しているから」

「うん。しかし……葛岡は研究所を出されて、本当に納得しているのか」

「そりゃあ納得はしていないさ。レバガードにはあれだけ力を入れていたんだ。しかし仕方ないのかな。アルツカットに懸ける会社のスタンスは間違っていないだろう。でも奥貫さんは、時期を見て捲土重来を期そうと言ってくれた。これっきり開発をやめてしまうつもりなら、そんなことは言わないだろう」

土屋は少し哀しそうな顔をして、哲也を見つめた。

「本当にそう思うかい」

土屋が困惑した表情で哲也の様子を窺っている。

「何で？」

哲也は首を捻る。

「人が良すぎるよ。誰を信じるかは葛岡の勝手だが、敢えて言わせてもらう。上層部にレバガードの開発中断を強く働きかけた張本人は、その奥貫取締役研究開発本部長様だぞ」

土屋はまっすぐに食いつくように哲也を見つめている。

（なぜ、今ここでそんなことに触れる必要がある）

そう思って、哲也はちょっと不愉快な顔色を見せた。

「だからどうした。奥貫さんが俺を左遷し、そのうえレバガードのノウハウを持って他社に転職できないように、レバガードを周辺特許でガチガチに固めたとでも言いたいのか」

　思わず語気が荒くなった。

「その通りだ」


　土屋はあまりにもあっさりと言った。哲也は思わずテーブルの下で拳を握りしめた。

「失礼なやつだと思うだろう。怒ってもいい。だが葛岡、事実は今お前が言った通りだ。奥貫さんを信用しちゃいけない。あの男は自分の出世と保身しか考えていない」

「だが……」

　哲也はしばらく黙り込んだ。

（奥貫が上層部にレバガードの開発中断を強く働きかけていた……それは真実なのだろうか）

　哲也自身もその可能性を考えなかったわけではない。いや、考えたくはなかったというのが本音かもしれない。研究者として自分が孤立していると認めたくはなかったのである。

　土屋がダメ押しするかのように言葉を重ねた。

「うちの役員はほとんどが同族と旧帝大出身だ。学位を持っているとはいえ、三流私立薬科大学出身の奥貫が取締役になるには相当な実績が必要だった」

「でも俺だって私立大学出身だぞ」

「同じ私立でもお前は一流校で毛並みも良い。仕事でも研究論文の数が多く、レベルも高い。奥貫にとっては近い将来の、いやすでに現在の脅威、仮想敵だ」

「そんな……」

「まったく、ボンボンっていうのは、そういうのに鈍感だよな」

「仮にそうだとしても、そんなに簡単に取締役会は納得するものなのか？」

「同族や天下りの事なかれ主義、食品・トイレタリー部門出身や銀行出身で、医薬品開発には無知な連中がほとんどだ。そのうえ不祥事で皆びくびくしているしな」

そんなことは哲也も理解していた。

「この時期に医薬品開発と副作用のリスクを持ち出して腰の引けた役員共《ども》を説得するなんていうのは、研究者の奥貫にとっては赤子の手を捻るようなものだ」

そう言って、土屋はアルツカットとレバガード、二つの医薬品開発についての奥貫のスタンスを説明した。

「奥貫にとってはレバガード、アルツカットのどちらかが一方でも発売できれば上出来だった。早く発売できるほうが良い薬だったんだ」

「でも、両方発売できたほうが奥貫さんの実績になるだろう」

「もちろん、それがベストだ。しかし、先にアルツカットに見込みが出た今になって妙な欲が出た」

「欲？」

「アルツカットの業績のみで取締役になる材料は充分だと考えた。レバガードの臨床試験の問題点が、アルツカットの成功を相殺することになっては堪らない。このままレバガードの開発を進めることは自分の出世にとってはむしろリスクとなる可能性が高いと判断した。だから奥貫はレバガードの開発をサスペンドし葛岡の提案を潰したんだ」

「レバガードの開発中断は上層部の経営判断だと、奥貫さんは俺に言っていたが……」

「それがやつのずるいところだ。レバガードの副作用を誇張し、開発中断の判断は『会社のリスクを回避する英断だ』と役員たちにプロパガンダし、その提案自体も論功と解釈させる。塚田グループのアルツカット開発成功は当然研究所長である自分の論功とし、この二つの『論功』を錦《にしき》の御旗《みはた》に取締役の座を確保したんだ」

「そんな……」

「だから、レバガードの開発続行を主張する葛岡は研究現場から外された。なぜならレバガードの欠点は少しの工夫で克服できることは他の誰よりも奥貫自身がわかっているからだ。すぐに葛岡に欠点を克服されては、開発中断を論功であるという自分の立場がなくなる。欠点を克服するのも奥貫でなければならない。言ってみれば自作自演ってやつだ」

「そのうえ俺がレバガード関連の物質を持って転職できないように、再開発に利用できそうな関連物質を手当たり次第特許で固めたってことか」

「その通り。奥貫自身で問題点を解決したと言ってアルツカットの話題が冷めかけた頃にレバガードの開発を再スタートすれば、社長に昇進する芽だって見えてくる。事実、葛岡を追い出した後、肝臓疾患の専門医たちに、研究員の犯した開発上の小さなトラブルを解決すれば、今年中にでもすぐに再スタートを切れますと説明している奥貫の姿も確認されている。やつは最初からそういう青写真を描いていたんだ」

土屋の説明を聞きながら、奥貫の表情が目に浮かんだ。

ピクピクと目をしばたたかせながら、こちらとは決して目を合わせずに、開発の中断を、しかもそれを本社判断のせいにした奥貫の姿。薄汚れた白衣。はちきれそうな腹。油の浮いた赤黒い顔。それは研究者としてのモラルを失い、自分の保身と出世のみに汲々としている「学者」のなれの果ての姿だったのか。

「辞めたければご自由にという人事か」

　哲也の顔色が青くなった。

「そうだ。とんでもない悪者だよ、奥貫は。そのうえ、今日俺は、大隅支店長から葛岡の見張りを仰せつかったよ。これだって奥貫が大隅に出世をちらつかせて、お前の動きをブロックしようとしている証拠だぜ」

「何がリスク回避の上層部の判断だ。患者を治す良い薬を一刻も早く世に出したいというのは研究開発に携わる者の本能だ。そうした良心とか倫理観がまったく欠落している。それじゃあ奥貫さんこそが会社にとってのリスクじゃないか」

「わかってくれたか。やつは大方、先週まで父上の葬儀で休んでいる葛岡がそのまま退職してくれるのでは、くらいに考えていたと思うよ。自分より学問のレベルの高いお前のプライドが、営業現場への異動などに耐えられないだろうと思って異動させたんだ。さらに、お前が会社を出ていくならすべてを置いてスッポンポンで放り出してやろうともしていたんだぜ。そして、お前が辞めないとなったら、今度はお前の行動を監視しようとしている。自分でも悪いことをしているという意識はしっかり持っていやがるんだ。でも駄目だぜ、そんなやつに負けちゃあ」

「しかしアルツカットはフェーズⅣの治験であれだけ優秀な成績を出しているのも事実だろう」

「まさにそこのところを相談したかったんだ。俺はその結果にも疑問を持っている」

土屋がそう言いかけたところで、個室の扉がカタンと音を立てた。

ビクンとして、二人は一瞬会話をやめた。

扉がからからと音を立てて横にスライドして開いた。


「遅くなってごめんなさい」

悪戯っぽい笑いを見せながら入ってきたのは河本裕子だった。

哲也はきょとんとしている。

「聞いてなかったでしょ。秘密の歓迎会兼私たちの婚約祝いだって、土屋さんから急に声をかけられたのよ。彼はうちの病院の担当課長だから」

土屋は笑っている。

裕子が席につき乾杯を済ませると、土屋は今までの話をかいつまんで説明した。

「ひどい話ね。でも渋沢製薬の上層部は私がいた頃からそんな連中ばかりだったわよ。

営業本部も研究開発本部も、役員様、本部長様が大王様。上に迎合し、下は押さえつける。自分の保身に凝り固まった男たちばかりよ。私なんて、良かれと思って一言上層部の間違いを指摘したら、『不敬罪』『村八分』扱いだったもの……。結局自分の意見をしっかり持って、誰とでも議論を交わせるだけの自信と智恵を持った人材がいなかったってことかしらねえ」

土屋がしょんぼりとした顔を見せた。

「わかっているけど、そこまで言うなよ。渋沢に勤めている俺と葛岡が馬鹿みたいじゃないか。そんな状況を打破したくて、こうして集まってもらったんだから」

「あら、やっぱりただのお祝いじゃなかったのね。山本なんて名前で予約しているって言うから、何かあるとは思ったけど」

「すまん」

頭を下げて土屋は説明を再開した。

「実はアルツカットの開発に疑問を持っているんだ。何かトリックがあるような気がしてならない。それにお前と俺が同じ部署になったこと。これは偶然ではない」

えっ、という表情で哲也のほうを向いた裕子と目が合った。

「どういうことだ」

「お前の親父さん、葛岡先生は生前予測していたんだ」

哲也はキュッと身が締まるような気がした。父の手紙の文句が浮かんでくる。

〈最後になるが、レバガードは良い薬だ。お前の言った通り、副作用のデメリットを差っぴいても多くの肝炎患者の福音となる〉


「親父が予測していた？」

「俺が入社してMRとして最初に配属されたのは高知県だって知っているよな」

「ああ。三年ぐらい四国にいたんだっけ？」

「そうだ。葛岡医院も担当していた」

「田舎の小さな診療所だ。売上の足しにはならなかったろう」

「その通りだ。いや失礼。悪い意味じゃない。新しい薬にすぐに飛びついたり、患者を薬漬けにしたりするような医師ではなかったということだ。だから俺は葛岡先生を尊敬している。葛岡先生がいなかったら、今の俺はない」

「親父をおだてても、俺からは何にも出ないぞ」

そう言ったものの、何かくすぐったいような気持ちだった。

「真面目な話だ。新人の俺に葛岡先生は本当に親切に、薬を売るということの意味を教えてくれた。何より身辺が綺麗な人だった。ゴルフもしない。接待も受けない。それでもたまに一緒に飲みに連れていってくれた。先生の行きつけの小料理屋で何時間も議論して、最後はいつも先生の奢りだった。『往診一回行けばこのくらいの飲み代は出るんだから。医者が薬屋に借りを作っちゃ、思った通りの薬が使えなくなるだろう』って、笑ってね。それが口癖みたいだった。まさに土佐のいごっそうだった」

父のことを「いごっそう」と言われて哲也は少し嬉しくなった。

「俺は大学から東京に出てきてしまい、ほとんど田舎に帰ってないし、親父も肝臓を悪くして最近は酒をやめていたから一緒に飲んだことはなかったなあ」

少し寂しそうに哲也が呟いた。

「俺がお前の身代わりだったのかもしれないなあ」

哲也の知らない父の一面を土屋は見ている。

「開業医としても非常に優秀な人だった。漢方薬と鍼灸治療を中心に診療されていて新薬は多く処方するタイプではないので、製薬会社からはそんなにちやほやされはしなかった。というより、注目されたり、名前が出たりすることを意識して避けていたような気もする」

「それって、どういう意味？」

裕子が首を傾げて聞いた。

「新薬の起こす副作用の予知が、あまりにも鋭かった。未知のことなのにまるで前もって知っていたかのように思えることすらあったんだ」

（知っていたのよね）

裕子が哲也に目配せをして頷く。

「今でも製薬会社の販促用のパンフレットは、データの改ざんや捏造すれすれのものが氾濫している。原著論文にある不都合な部分のグラフを意図的に載せないなんてのはざらでね。葛岡先生はそれを見抜いて指摘した。『論文のオリジナルを読め。良いとこ取りしたパンフレットは持ってくるな』ってね。悔しくて何とか先生を論駁《ろんばく》してやろうと詳しく調査すると、本当に指摘された通りなんだ。おかげで俺も製薬会社の作るパンフレットや宣伝文句に対する見方がずいぶん厳しくなった。そしてそういうふうに教わった者の直感として、アルツカットの治験結果をまとめた論文は、何かおかしいという気がしてならないんだ」

「親父が予測していたと言ったよな。それはどういうことだ？」

「予測と言えるかどうかは疑問だけど、たまに一緒にお酒を飲むと『哲也がお世話になります』って繰り返すんだ。同期とはいえ、哲也君は優秀な研究者で自分とは別世界の人ですよって言うと、『きっとこれから、人生で一番重要な時期にお世話になります。哲也は研究ばかりで営業の厳しさ、医療現場の厳しさはわからないからよろしくお願いします』ってね」

「あっ」と思った。

何とも表現できない緊張感に包まれ、涙がこぼれそうになるのを何とか堪えた。

「……そうだったのか」

「そういえば、裕子さんのことも言っていたな。『二人を見守ってください』って。そんなに昔からつき合っていたのか」

裕子は口許に手を当て必死になって笑いを堪えている。

「私がお父様にお会いしたのはごく最近だけど、お父様は私を三十年くらい前からご存じなのよ」

土屋は冗談だと思ったのか、裕子の言葉を聞き流した。

「そうだ。先生が酔っ払うとよく歌った『沈下橋、土佐のお国の潜り橋、雨が降ったら渡られんきね……』って、民謡かな」

また沈下橋の歌だった。哲也と裕子はお互いの顔を見合わせて頷いた。

「哲也さん。今度の理由は、このチームで何かをやれって言っているのね」

裕子が小声でそう言った。哲也は頷いてしっかりと土屋を見据えた。

「理由？」

そう聞き返した土屋に、今度は哲也が今までの経緯を説明する番だった。


哲也の長い説明を、土屋は呆然とした表情で聞いている。

「そんなこと……信じろって言ったって……」

「証拠の一つだよ」

そう言って哲也は父の手紙を差し出した。


その手紙を読み進めていくうちに、土屋は「先生……」と小さな声で呟き、俯いて、両腕の間に頭を挟み込むようにして嗚咽した。


三人の長い沈黙を破ったのは、まだ両目を充血させている土屋だった。

「こりゃあ、えらいことになったな……俺にも理由ってやつが見えてきたよ」

「どういうこと」

「さっきも言ったが、俺はアルツカットには何か大きな問題があると考えている。それに渋沢製薬は東勇会総合病院副院長の黒田逸造と、異常とも思えるほど癒着している。渋沢製薬の中央研究所分室って知っているかい？」

「そんな施設あったのかしら」

「聞いたことないけどなあ」

「そうだろう。本社のすぐ近くの市ヶ谷のマンションの集合ポストに『渋沢製薬中央研究所分室』と小さく書いてある。でも部屋のドア横の表札には何も書かれていない」

哲也と裕子はきょとんとした顔をして話を聞いている。

「大隅支店長から鍵を預かり、何度かそこに黒田先生宛の書類を届けさせられた。『研究所分室』なんて名ばかりだ。大画面の壁掛けテレビ付きの応接室あり、ワインクーラーあり、ベッドルームありの、まるで高級ホテルのスイートルームだ。おそらく黒田が女を連れ込むための別宅に使わせているんだろう」

「ひどいわ。最低の話ね」

裕子が眉をひそめた。

推測のような言い方をしたが、土屋には確信があった。

先日、支店長の大隅から指示され、分室のワインクーラーにワインを冷やしに行ったときだった。

その部屋のサイドボードには、学会や研究会のラベルを貼った何本ものビデオテープが並べられており、その中に「神経内科臨床研究会（一九九一年五月二十七、二十八日：大阪）というタイトルを見つけた。

三年前、支店長の大隅から東京支店の応接室に呼び出されたことを思い出した。

「黒田先生の代理で出張してほしい。参加費を払って二日間会場をぶらつくだけでいい。出席しさえすれば認定医の単位がもらえる。要するに代返だ。こんなこと他の社員の前では言えないからな。宿泊費、旅費、食事代はすべて俺につけ替えて構わないから、よろしく頼むわ。大事なお得意先が、お前を見込んで指名してきたんだからな。MR冥利に尽きるじゃないか」

その当時、好意を寄せていた女性の誕生日に、急遽入った出張だからよく覚えていた。後日、埋め合わせを提案した土屋を拒絶するような態度をとった女性の冷たさに少し幻滅して、土屋のほうからもその女性とは距離を置いた。

それからしばらくして、その女性は、黒田逸造の妻となった。苦い思い出だった。

そんなことを思い出しながら、土屋はデッキにそのビデオを入れ、壁掛けテレビのスイッチを入れてみた。

(この日は、私が代理で出席したのだから、黒田先生が研究会の様子を撮っているはずはないのだが……)

そこに映っていたのは研究会ではなかった。

高価そうなブランド物の洋服に身を包み、見違えるように綺麗に化粧をして、睡眠導入剤でも飲まされたかのように、とろんとした感じの女性だったが、それが誰かはすぐにわかった。東勇会総合病院看護師の高木和子だった。

そのビデオ動画の中で自分が好意を寄せていた女性が黒田に凌辱《りょうじょく》されていく様子を見続けることはできなかった。

(黒田の野郎、俺を嵌めやがったんだ)

和子の態度が豹変した理由に、三年も経ってから気づいた自分にも腹が立ったが、それ以上に黒田のやり方の下劣さに、土屋は全身の皮膚から血が噴き出るのではないかと思うほど怒りが込み上げてきた。

「マンションを自由に使わせなきゃいけないことがあるんだろうか」

思い出す度に込み上げる怒りを土屋は何とか押し殺した。

「そうなんだ。だから、奥貫のやったことは単なる葛岡への嫌がらせというレベルではなく、もっと何か嫌な匂いがする。それをハッキリとさせる。奥貫を引きずり下ろし、葛岡の名誉を回復させる。そしてレバガードを復活させる。それがこの三人が選ばれた『理由』だろう」

「戦闘開始ね」

哲也も裕子も、その通りだと確信して頷いた。

裕子の言葉は少しも冗談には聞こえなかった。

「しかし、いったいどこから手をつければ良いんだろう」

皆目見当がつかないという渋い顔で哲也が呟いた。土屋が頷いて答える。

「まず情報を集めなくてはならない。アルツカットの治験に伴う学術的文献情報はすでに俺のできる範囲では収集した。葛岡にはそれらのデータを研究者としての目でもう一度検証してほしい」

「わかった。レバガードとは領域が違うが、臨床試験のプロトコールや進め方は大体勝手がわかっている。データの改ざん、捏造や矛盾した点があれば洗い出すことは可能だが……」

「だが、どうした？」
「いや。アルツカットの臨床試験は厳密なもので、プラセボを対照とした二重盲検比較試験、いわゆるダブルブラインド・コントロール・スタディーだと聞いている。それもプラセボ百例、実薬百例規模の厳しい試験だ。結果の解析もレバガードと同じく、統計学の専門家に依頼しているはずだ。とても第三者の恣意的操作が入り込む余地はないように思えるけど……」

二重盲検比較試験とは、誰がどの薬を割り当てられたのか患者（被験者）も医療スタッフもわからない状態で行われる臨床試験のことで、実際の新薬を与えるグループと、新薬と見分けがつかないが有効成分が含まれない薬の偽物（偽薬・プラセボ）を与えるグループに分けて試験を行う。前者を実薬群、後者を対照群と呼ぶが、どちらもランダムに選ばれるうえに、関係者の誰も、誰がどちらの薬を飲んでいるのかわからないことが前提となっている。

「うん。俺もそう思う。自分でも担当病院のケースカードには一通り目は通したが、おかしなところは見当たらない。その他のデータも東西医科大学系列病院で神経内科などの専門医がいる十数施設から集めていてしっかりしたものだと思う。だからこそ葛岡にもう一度研究者の目で検証してもらいたい」

土屋はそう言って足元に置いた営業用の角張った黒いパイロットケースから、分厚い茶封筒を取り出した。

「論文にまとめられる前の、患者一例ずつのケースカードのコピーが入っている」

「どうしてそんなものを入手できたんだ」

「二百例すべてではない。俺の課が管轄している病院のものだ。それでも百例分はあるはずだ。俺たちMRは臨床試験のモニタリング担当者と同行して、医師と彼らとの橋渡しも行う。モニタリング担当者が多忙なときやデータの瑣末な転記ミスなどの修正を医師に依頼するときなどは、彼らが何度も足を運ばずに我々MRが代理で医師から修正印をもらいに行ったりする。つまり生データに直接触れる機会は結構多いんだ。開発本部と現場の医師の橋渡し的存在だから。そうして完了したケースカードを医師から預かり本社に渡すときに、念のために取っておいたコピーだ」

「ありがたい。それだけでもまとめられた論文とその元になったケースカードとの矛盾がないかを比較する参考にはなる」

「うちの病院も参加していた臨床試験よね」

「ああ。副院長の黒田先生がずいぶん積極的に症例を出してくれたよ。このうち三十例が黒田先生の症例だ」

「うーん。名前だけで充分胡散臭いわ。嫌なやつよ、あいつ」

「知っている。出身大学の東西医科大学では黒田逸造ではなく捏造君って呼ばれていたらしい」

「あいつ、悪いのは女癖だけじゃないんだ。あー嫌だ。鳥肌が立ちそう」

裕子が両腕を眺めながら呟いた。

「それだけで判断するのは危険だよ。まあ、とにかく早急に論文やデータ関連の資料を仔細に読み込んでみる」

「もし必要なら、もっと大元のカルテを入手してあげる。ケースカード記載事項はカルテから拾っているはずよ」

「おいおいそんなことできるのか」

「こう見えても副薬剤部長兼治験管理室長よ。もっとも治験管理室長は形式的だけどね。だからカルテ保管室の鍵も簡単に入手できるわ」

「そりゃあ助かるけど、気をつけて動けよ。ビンプラールの始末書だって出しているんだから」

「わかってるわ。絶対にこの三人だけの秘密よ。でもカルテがあればケースカードとの整合性も正確にわかるはずでしょう」

「そりゃそうだけど……心配だよ」

気がつくと、もう午後十時を回っていた。

何か問題があったらすぐに連絡を取り合うこと、他の人間にこうした調査を行っていることを絶対に気づかれないよう、日常の仕事はお互い近づきすぎず普通にこなすことを約束し店を後にした。


新宿三丁目交差点付近はひどく混雑していた。

土屋が二人のほうを振り返り、お道化て微笑んだ。

「俺はもう一軒寄っていくけど、どうする」

哲也はチラッと裕子のほうを見てから遠慮がちに言った。

「俺はいいけど、河本君は明日仕事だし」

「何が河本君だよ。弱っちいやつだなあ。どうしましょう副薬剤部長先生。旦那様をもう少しお借りしてもよろしいでしょうか」

裕子も今の店で飲んだ少量のカクテルで気分が良くなっているようだった。

「だめでえーす。お貸しいたしません」

「ええっ」

土屋が悲しそうな声を上げる。

「絶対、お貸しいたしません。大事な人ですから」

「ちぇ。当てつけられるなあ。じゃあ二人でどこかへ消えてくださいよ、ホント」

「二人でどこかへも消えません。二人で一緒に土屋さんにつき合いまーす」

「おっ」

哲也と土屋は同時に歓声を上げた。

「くだけてきたじゃない、裕子ちゃん」

「あんまり遅くまではつき合えないわよ」

「よし、じゃあとっておきの俺の隠れ家を紹介する」

「近いの？」

「すぐ近くだよ。新宿二丁目なんだけど、大丈夫かな」

「二丁目って？」

「そう、二丁目の『こっち』の店だ」

そう言って土屋は小指を立て右手の甲を口元に持っていった。

「ゲイのお店？　興味あるけど、ちょっと怖いわ」

「大丈夫。そっちの店だけど俺の友達だよ。俺の巣みたいな所だ」


新宿三丁目の交差点を渡り交番横の路地に入っていく。急に薄暗い路地になり、裕子と哲也は少し緊張した。道の隅に座って、若い男同士が寄り添って小声で話をしている様子は、二人には初めて経験する不思議な風景だった。土屋は『新千鳥町』と古びた看板がかかった暗い路地に進んだ。

「ここだよ」

そう言って土屋が入っていったのは所々ひびの入った、見るからに老朽化した二階建ての建物の一階。しかもその店のドア付近には看板すら出ていなかった。

「やっているのかい」

「大丈夫だって」

土屋は店のドアを引いた。

黄色と紅色の雪洞《ぼんぼり》型のシーリングライトが吊るされた夕焼け色の店内。七、八人も座ればいっぱいになる、カウンター席だけの狭い店だった。カウンターの中から、黒いTシャツを着、左腕に太い金色のブレスレットをつけた小太りの初老の男がタンブラーを拭く手を止めて声をかけた。

「あーら土屋ちゃん。いらっしゃい」

「空いているかい？」

「やめてよ、意地悪ね。見りゃわかるじゃない。好きな所へお座りになって。あらお友達？　いらっしゃい」

そう言っているうちにも土屋はカウンターの左の隅にちょこんと座り、その隣に哲也と裕子を手招きする。

昭和のはじめからほとんど内装を変えていないような雑然とした、しかし不思議と落ち着いた雰囲気の店だった。店の奥には古びたＬＰレコードがうず高く積み上げられ、カウンターの隅のほうにはレコードプレーヤーも置かれているが、使われている形跡はない。その上にわざとレトロ調に創った木目のＣＤプレーヤーが置かれ、そこからは国営放送局の深夜のラジオ番組の声の低いアナウンサーの朗読が流れている。

哲也はまたもタイムスリップしたかのような錯覚に陥った。

「新しい彼女かしら」

「よせやい。俺の仲間だ。葛岡哲也君と河本裕子さん。婚約中のお二人ですよ」

「あらあ。それはおめでとうございます。私、糞たれオカマのアキラと申します。ようこそこんな場末の看板のない店に」

カウンター越しにアキラが二人に握手を求める。哲也より先に裕子が照れくさそうな顔をして手を伸ばす。続いて哲也も握手をして裕子を間に挟む形で椅子に座った。

「ボトル、残ってたっけ」

「はい少々お待ちを」

アキラは後ろの棚から土屋のボトルを探しカウンターに置くと、アイスピックで手早く氷を砕き水割りのセットをする。

「土屋様、水割りでよろしくて？」

「はあい」

「裕子お嬢様は」

「やだあ。お嬢様じゃないですよお」

裕子のほうがすでにリラックスして楽しんでいる。

「そんなことわかってるわよ。土屋ちゃんのお仲間でしょう。でもお客様に、婆あ、なんて言えないでしょうが」

　思わず土屋も噴き出すと、裕子がぷっと膨れてみせる。

「冗談よお。裕子様、本当にお綺麗よ」

「もう手遅れです」

「そんなことないわよ。本当にさっぱりした、良い感じの美人ね。でもあなた、もう少しメイクを濃くしたほうがよろしいんじゃないかしら。お洋服も少し地味だし、何だか田舎の女学生みたいよ。もう少し派手にしたほうが良いと思うけど」

「もういいです。誉められているんだか、貶《けな》されているんだかわからなくなっちゃった」

「誉めてるのよ。馬鹿ねえ。美人にはオカマは厳しいのよ。覚えときなさい」

「じゃあ取り敢えず乾杯だ」

　そう言って土屋がグラスを上げた。

「いただくわ」

　アキラも土屋のスコッチウイスキーをそそくさとロックグラスに注いだ。

「土屋さんと違う空気の方たちね。お医者様か、研究所の人っていう感じだわ」

二人とも驚いた顔をして土屋のほうを見ている。

「私たちのこと話したの？」

土屋は首を横に振って笑いながらグラスを傾ける。

「さすがアキラさん。図星だよ。葛岡はこの前までうちの中央研究所、裕子ちゃんはうちを見限って辞め、現在は天下の東勇会総合病院の副薬剤部長先生だ。アキラさんはね、鋭いんだ。人相や手相を見て、性格をずばずば当ててるんだ」

「すごい」

二人が同時に声を上げた。

「どうして私が研究者ってわかりました？」

「わかったわけじゃないけれど、でも同期っていっても土屋さんとは明らかに雰囲気が違うもの。営業をやっている人じゃない。指も綺麗で細いし、知的な感じだし、ちょっと髪の毛とかは、手入れが足りない感じ。そうしたら研究者かなって。もっと当ててみましょうか。葛岡さんは四国の出身。土佐の高知のいごっそうかしら」

「すごい、どうしてわかるの」

「アキラ、日本中の微妙なイントネーションを聞き分けられるのよ。マルチリンガルよ。それに確か土屋さんの初任地って高知県じゃなかったかしら。そのときのお友達かと」

哲也と裕子はアキラのあまりの勘の鋭さに驚いた。

「それに、葛岡さんと土屋さんはとても相性が良いようね」

土屋が微笑む。

「何でそう思う？」

「江戸っ子と土佐っぽは昔から相性が良いのよ。勝海舟と坂本龍馬の関係みたいにね」

「なるほどね。葛岡と俺は初任地での知り合いではなかったけれど、葛岡の親父さんには高知でとてもお世話になった。相性も良かった。というより今でも深く尊敬してるんだ。一本芯が通っていながらも優しいお医者さんだった。いごっそう先生だった」

「よせやい。親父をおだてても何にも出ないぞ」

哲也は笑いながら手を振った。

「でもアキラ、人のことはよくわかるのに自分のことはからっきしなの。ねえ裕子先生、痩せる薬ないかしら」

「アキラさん、太ってないですよ」

「そんなことないわよ」

そう言うとアキラはカウンターの隅のほうから取り出した女性週刊誌のページを捲り三人の前に差し出した。

「これ、やってみようと思うけどどうかしらねえ。お薬の専門家の方々のご意見は?」

開かれたページはカラーのダイエットサプリメントの広告だった。

『ダイナパワー減肥S。効果がなければ代金はお返しします。七十四キロから四十八キロ。もっと早く試せば良かった。何の苦労もなく見る見るヤセタ!』

記事の中には服用前と服用三ヵ月後の女性の写真があった。

「こんなのやめたほうが良いと思うけどねえ」

土屋が眉間に皺を寄せて言う。

「なんで? これ嘘なの?」

うーんと首を捻ってから、哲也が説明を始める。

「嘘ではないかもしれない。写真のこの人には効果があったのかもしれない」

「そうでしょう。ちゃんと二人の使用前後の写真が載っているもの」

「でも、この広告では、他に何人が飲んで、何人が、どのくらい痩せたかはわからない」

「そりゃそうだけど……」

「もしかすると一万人が飲んで、痩せたのはここに出ている二人だけかもしれない」

「なるほどそうねえ。でも、広告なんてそんなものじゃないの」

「いや。これは健康食品だから許されるんです。食品だからもともと効果があるという前提に立っていない。それなのに効果がありそうに見せている。法律すれすれだと思うけどね」

アキラは真剣な顔で頷いている。

「医療用の薬では、どんな特徴を持った何人の人に飲ませたか、患者背景って言うんですけど、それをはっきり記載しなくちゃいけない。そして同じ人数の飲まなかった人と比較してどうか、食事療法や運動療法も行ったのかどうか。副作用は出なかったのかなど、良い点も悪い点もきちんと明示し、統計的に解析していないと効果があるとは認められないんです」

「確かにそう説明していただくと、よくわかるわ。でも、そんな広告見たことないわよ」

「医療用の医薬品のプロモーションはそういう基準でつくられているけれど、広告規制があるからね。一般の雑誌では広告できないんですよ」

「葛岡さんの説明ってわかりやすいわ。土屋さんみたいに筋肉質の男よりインテリっぽくてタイプだわ、アキラ」

アキラにしなを作られて、哲也は椅子から滑り落ちそうになった。


土屋が新宿で開いてくれた歓迎会の翌日から、哲也はアルツカットの資料の総点検に取りかかった。まずは、土屋から預けられた百例分のケースカードのコピーを、一例一例丁寧に読み込んでいった。どうにも読みづらい文字を書く医師が多く、一通り目を通すだけでほとんど二晩の徹夜作業となった。

裕子も病院の帰りに哲也のマンションに寄って、データの整理を手伝っている。

「どう。何か問題になること見つかった?」

裕子が尋ねると、哲也は困惑した表情で首を捻った。

「いや。この資料を見る限りでは特に問題は見当らないと思うんだけど……」

土屋が哲也に預けたケースカードには、意図的な改ざんなどは感じ取れない。多忙な医師が書き飛ばしたためか乱雑な文字で読みづらいものもあったが、モニタリング担当者が指摘したのだろう、誤字やカルテからの転記ミスなどの部分はきちんと二本線で消し、担当医の訂正印を押して横に同じ筆跡で訂正が入れられている。東勇会総合病院の黒田逸造医師のケースカードも三十例分存在したが、こちらは意外と几帳面な文字で丁寧に記載されていた。

「黒田先生の性癖はわからないけど、データは丁寧に読みやすく書く人だな。本当に綺麗なデータだ……綺麗すぎて不自然さを感じるくらいだ」

「綺麗すぎるってどういうこと」

「東勇会総合病院の黒田先生は三十例のケースカードを提出している。そのうち、十九例が『著効』。十例が『悪化』という結果だ。そして一例が途中で来院しなくなったため、脱落として結果の解析から除外されている」

裕子は少し考え込むような仕草をして言った。

「ずいぶんはっきりとした結果なのね。確か主治医の判定は著効、有効、やや有効、不変、やや悪化、悪化の六段階だったわよね。評価は長谷川式スケールやMMSEの数値を治験の前後で比較しての結果なのよねえ」

長谷川式スケールやMMSEは、認知症のスクリーニングを目的としたテストのことだ。長谷川式スケールは、認知機能を調べる簡単なテストで、九つの項目をチェックし、評価は三十点満点で、二十点以下だと認知症の可能性が高いとされる。

一方のMMSE（ミニメンタルステート検査）は、認知機能の標準的検査を指し、問診や診察で症状を確認するほか、血液検査や画像検査で原因を調べる「鑑別診断」もある。十一項目三十点満点で二十三点以下だと認知症の疑いがあると判断される。

「そう。でも、例えば、降圧剤の治験ならその評価は、血圧が下がったか上がったかという客観的な数値だから、すっきりした結果が出る。けれどこの試験は認知症の自覚症状・他覚症状で、症状を医師が判断したものを点数化して評価するので、著効とか悪化とかのはっきりした評価はなかなかしづらいはずなんだ。事実、黒田先生以外の医師のケースカードでは、『やや有効』『不変』『やや悪化』などの評価がほとんどなんだ」

「確かに、三十例処方して『著効』と『悪化』という評価しかないというのは、すごく不自然な感じがするわね」

「今日が何月何日かわからなくなっていたり、つい今しがた見たいくつかの物が思い出せなくなっていたり、あるいは性格がきつくなって介護者に暴言を吐いたりするような患者が、半年間の服用で、まったく正常に近くなる。あるいはその逆に正常に近かった人がこういう症状を頻繁に起こすようになる。著効と悪化とは、そういうかなり極端な結果が出たということだ」

「でも、この治験はプラセボを使った群と実薬群とを比較する二重盲検比較試験でしょう。そういう結果が出たということは、やはり実薬のアルツカットの効果が素晴らしいという結論にしかならないいんじゃないかしら」

「そうなんだ。でも……」

「でも？」

「もしもだよ、この著効十九例がすべて実薬で、悪化十例がすべてプラセボだったら」

「やっぱりアルツカットが良い薬ってことでしょう。主治医は実薬、プラセボどちらを患者が飲んだかわからないで判定を出しているのだから」

「もし、それが事前にわかっていたらということだ」

　裕子は少し考えてから首を横に振った。

「それはあり得ないわ。医師は治験薬には触れないのよ。実際に薬を出して、患者に渡すのは、私たち薬剤師だし、三十例分の薬剤は十例分ずつ白箱に入っていて、その箱には番号が振られ、どの番号の箱の薬を患者さんに渡したかは記録に残しているけど、私たち薬剤師でもどの箱に入った薬が実薬で、どの箱に入った薬がプラセボかという識別は不可能になっていたもの。私もこの治験の薬剤を調剤して患者さんに渡したことがあるけれど、どの箱の中身もまったく同じにしか見えないカプセル剤よ」

「それじゃあまったく出口なしだな」

暗礁に乗り上げた感じがして哲也は頭を抱えた。


日曜日、スーパーマーケットで、裕子が会計を済ませレジ袋に買ったものを詰めているとき、やはり向かいで詰めている老婦人の手元から商品の中身が飛び出し、裕子の足元に転がった。裕子はそれを拾って老婦人に手渡そうとした。

「どうもすみません。あら、あなた確か東勇会総合病院の先生じゃ」

ブランド物のピンクのセーターを着た小太りの老婦人は、驚いた顔をして裕子に声をかけた。

「あらあ。あなたは確か……」

「綿貫です。東勇会総合病院には脳梗塞で本当にお世話になりました。いやだあ、白衣姿じゃないから一瞬わからなかったわ。でも普段着もシンプルでとても素敵よ」

綿貫夫人よりずっと地味な、ジーンズと白のブラウスにカーデガンを羽織っただけで、スッピンに近い裕子は綿貫夫人のお世辞に身が縮んだ。確かこの女性は、誰でも名前ぐらいは知っている建設会社の会長夫人だったはずだ。

「すみません綿貫さん。患者さんが多いもので、とっさにはお名前が出てこなくって。どうですかお身体のほうは」

「おかげ様で。症状が軽いうちに見つけていただいたので、まったく後遺症もなく、もうすっかり良くなりました。今は一ヵ月に一度、高橋内科クリニックのほうで黒田先生に引き続きお世話になっています。血圧のお薬をいただいているだけなんですけど。でも本当にここのところ、頭も身体も若返っちゃった感じで。この先に新しくオープンしたフィットネスクラブにも通っていますのよ。スイミングなんかしたりして。先月からは英会話も始めて。海外旅行もよく行くから少しは喋れないとねえ。ふふ、七十四歳には見えませんでしょう。本当に黒田先生って歌舞伎役者みたいで素敵だし、名医よねえ。あの先生のお顔を見にもっと頻繁に通いたいんですけど、こう調子が良くてはねえ」

一気に喋り続ける綿貫夫人に裕子は圧倒された。

「高橋内科クリニックって？」

「あら、言っちゃいけなかったかしら。でも構わないわよねえ。黒田先生が木曜日だけ診ているクリニックよ。申し訳ないけれど、大病院は待ち時間が長いでしょう。予約してバスに乗って行って、受付して、検査して、診ていただいて、薬をもらって、会計してで、何だかんだで、六時間以上。一日仕事よ。疲れちゃうわ。そう思っていたら、黒田先生のほうから『病院は時間がかかって大変でしょう。綿貫さんはＶＩＰだし、僕が木曜日に行ってるクリニックに来られたらどうですか。そのほうがお宅からも近いし、これだけ状態が良ければ何も大きな病院で診る必要はないでしょう。友人の経営しているクリニックで、とても綺麗で設備も良いし、そんなに混んでない。こちらなら茶飲み話でもする感覚で来ていただけますよ。どっちにしろ、診るのは僕ですから。何かあればまた、東勇会総合病院にすぐ紹介しますし』って言ってくださって。本当に感謝しているんですの」

綿貫夫人はすごい早口でそうまくし立てた。

確かに、東勇会総合病院は患者数も多く待ち時間も長い。そこを指摘されて裕子は恐縮した。しかしながら、待ち時間が長くなるのは、大きな病院で診てもらっているという安心感を得るためだけに来院する軽症の患者も少なくはないということが大きな原因の一つでもある。

状態の安定している患者にかかりつけのクリニックを紹介することは、患者にとっても、病院にとっても良いことである。自分の病院の患者を友人のクリニックに紹介する副院長の細やかな気配りが、ちょっと裕子には意外だった。

そして、明るく調子の良さそうな患者さんの様子を見るのは悪い気分ではなかった。


「私も綿貫さんのお元気そうな姿を見られて安心しました」

「ところで、河本先生は独身でいらっしゃるの？」

「はい、でも先生なんて、私はただの薬剤師ですから」

「独身なんてもったいないわあ。河本裕子先生よね。良い人いないのかしら」

「あら、よく名前を……」

「病院で名札を付けていらっしゃるでしょう。説明も丁寧だし、清潔で上品なお嬢様って感じだからお名前は覚えているわよ。あなたのファンは多くってよ。清楚な女学生みたいって」

（また、女学生か）

裕子は思わず赤面して周りを見回した。

「こう見えてももうすぐ三十歳になります。仕事が楽しくて、結婚はまだ先になりそうです」

「駄目よ、あなた、今日び三十代でも四十代でも結婚が遅いことなんかないんだから。どうかしら、あなたならぜひ紹介したい人がいるんだけれど……」

綿貫夫人の勢いに押されっぱなしだったが、すみません、婚約者らしき人はいるので、と何とかその場をかわし、ほうほうの体でスーパーを後にした。


哲也はケースカードを徹底的に調査していたが、調査すればするほどこの試験が厳密な管理の下に行われていたことを裏づける結果しか見つけ出すことはできなかった。

ケースカードとは、その治験に必要な項目を記入するもので、その治験に参加する病院には共通のケースカードが配られている。そのケースカードに医師自身がカルテから、その試験の評価に必要な検査値や症状などを転記する。残された唯一の可能性は、カルテから数値をケースカードに記載するときに、実際と違う結果を記入する方法が考えられる。しかしながら、あまりに不自然な結果であれば、監査が入り、カルテとケースカードの記載事項を突き合わせることもある。そしてそこに矛盾があれば、その試験自体が台なしになる。医薬品の認可も永久に下りることはなくなる。したがって、いくら黒田がいい加減な人間であるとしても、そんな見え透いた手段をとるとは考えづらい。

「それでも、やっぱりカルテも調べてみる必要があるわね」

「大丈夫かなあ」

哲也は心配そうな目を裕子に向ける。

「副薬剤部長兼治験管理室長の私がカルテを調べたって、何の問題もないわ。もちろん、あまり目立たないように動くつもりだけど」

そう言って裕子は頷いた。


次の当直日。職員の少なくなった時間を見計らって、裕子は薬剤部を抜け出した。

東勇会総合病院のカルテ保管室は病院地下一階。ミーティングルームと並んでいる。

過去のカルテの保存期間は「医療保険機関及び保険医療養担当規則」で診療が完結し

た日から五年間と義務づけられているが、この病院では、黒田院長の指示で最低でも十年までは保管されている。部屋いっぱいにスチールの書庫が並び、そこにあいうえお順、年代順に整理されて保存されている。

一方、最近の治験に使われたカルテのコピーは別の棚で保管されており、探し出すのは容易だ。監査や照会の必要があった場合にもすぐ探せるように、直近の治験はテーマ別にファイルされていた。

「渋沢製薬アルツカットフェーズⅣ」と背表紙に書かれたファイルに東勇会総合病院の三十例分のカルテコピーとケースカードのコピー、治験のプロトコールが一緒に保管されている。裕子は膨大なカルテの原本ではなく、コピーの収納されたファイルを手にした。それを手提げの紙袋に入れて、保管庫を後にし、地下一階からエレベーターに乗り込んだ。

そのとき、閉まりかけたドアがもう一度開き、一人の男が入ってきた。

裕子は息を呑んだ。

「副院長……」

いかにも高価そうな黒革のジャケットを羽織った黒田は、先日のことなどまったく気にしていない様子で、屈託なく歌舞伎役者のような笑顔を見せた。

「やあ、裕子先生。当直ですか？　ご苦労様です。手帳をミーティングルームに置き忘れちゃってさ。これから銀座で美味しいものを食べるんだけど、裕子先生も一緒にどお？　あっ、当直じゃまずいか。じゃあ僕がお土産持って、夜中に行っちゃおうかなあ」

裕子の怒ったような表情を見て、黒田はおかしそうに笑う。

「またもう、裕子先生は。カマトトぶってるところがかわいいよ」

後ずさりする裕子を、エレベーターの奥に押しつけるように、にやにやと、いやらしい微笑を浮かべながら、黒田が迫ってくる。裕子は振り払うようにもがいた。

その拍子に、手に提げた紙袋の紐がちぎれ、中のファイルがエレベーターの床に飛び出した。裕子は黒田を振りほどき、慌ててそれを拾い上げ背表紙を見られないようしっかりと胸に抱き、黒田のほうを振り返った。

「冗談だって裕子センセ。今度また誘うからねぇ〜」

黒田は少しの間、裕子の手元にあるファイルを凝視してから、そう言ってウインクし、手をひらひらと振りながらエレベーターを降り、病院入り口で待つハイヤーに向かって歩いていった。

何とか、紙袋の中身は見られないで済んだようだと裕子は胸を撫でおろした。

薬剤部の部屋に戻ると、絶対に人に見られないよう気を配りながら、ファイルされているカルテのコピーを片っ端から、さらにコピーした。見つかったらこれは立派な犯罪行為で、どんな言い逃れもできない。

コピーは別の紙袋に入れて、この晩に薬剤部への訪問を依頼していた渋沢製薬の土屋に渡した。土屋はそれを哲也のマンションに届けた。

「裕子先生が三十例すべてコピーしてくれた。ケースカードと齟齬がないかチェックを頼む。それと、どの番号が実薬で、どの番号がプラセボだったかを示した表も会社から入手できた。これでどの患者が実薬だったか、どの患者がプラセボだったかは確認できる。ケースカードはイニシャルだけど、カルテは氏名、性別、年齢などが記載されているから、すぐに突き合わせられるよね。裕子先生、個人情報だから絶対外へは持ち出さないでねって言っていた。確かにこれがばれたらすべて終わりだよ」

「もちろん承知している。ここから外へは決して持ち出さずに調査するよ」

「それと、これも参考になるかもしれない」

そう言って土屋は「アルツカット・インタビューフォーム」と書かれた冊子を一冊

哲也に手渡した。

「ありがとう。これもしっかり目を通して参考にさせてもらうよ」

インタビューフォームとはその薬剤が採用された病院薬剤部などに配布されるA四判五十頁ほどの冊子だ。公定書である医療用医薬品添付文書を補完するもので、当該薬剤の開発の経緯、製剤的特徴（剤形、分子量、pHなど）、薬理作用、臨床成績、非臨床試験などの項目が記載されている。現時点で得られている当該薬剤の情報が集約された総合的な医薬品解説書である。MRは医療関係者からのどんな質問にも対応できるよう、発売前からこの冊子に記載されている情報を頭の中に叩き込まれる。


当直明けの日曜日、まっすぐ哲也のマンションに向かった裕子は、安心したせいか熟睡してしまったらしい。

「よく眠っていたから、起こさなかったよ」

そう言った哲也の表情は心なしか冴えなかった。

「突き合わせは難しかった？」

「いや。黒田先生の字は丁寧でわかりやすい。三十例すべて終わったよ」

「どう？」

哲也は首を横に振りながら眉をしかめた。

「完璧だったよ。カルテの内容がケースカードにきちんと転記されている。誰が見ても文句のつけようのないケースカードだと思う」

「本当に？」

哲也は、珍しく少しイラついた表情を見せ、投げやりに言った。

「ああ。自分で確かめてみればいい。一人一人、カルテとケースカード一緒にして並べ替えてあるから」

「ごめんなさい。嫌な言い方して」

「いや、いいんだ、こっちこそ。あまりにも綺麗なデータすぎて、何だかイライラしていたんだ。なんともいえない不自然さを感じるよ」

カルテとケースカードはリビングのテーブルの上にきちんとあいうえお順に並べてあった。

「最初が、イニシャルK・A。女性、新井和子さんね。七十三歳。この人には、実薬が投与され、著効と判断ね。初診の認知機能が長谷川式で二十一点、MMSE二十二点、中等度の認知症ね……最終評価は認知機能が長谷川式で三十点、MMSE二十九点。これすごいわ。しっかりと改善してる。ほとんど普通のお年寄りに近い状態まで改善してるわね。はっきりと効いている。著効の判断は間違いじゃないわ。ごめんなさいね、こんな大変な作業を一人でやらせちゃって」

そう言って裕子は一例一例カルテとケースカードを突き合わせた。哲也が丁寧にチェックしていたために一時間程度でざっと三十例を、ほぼ再検証することができた。

「本当にどれも綺麗に書かれているわね。実薬を飲んだ人は著効に、プラセボを飲んだ人は悪化にはっきりと分かれている。アルツカットってすごい薬だわ」

「あまり根を詰めるなよ。何か食べに行かないか」

気がつくともう午後八時半を回っていた。

「うん、お腹すいたよね」

そう言って裕子はテーブルに散乱した資料を片づけ始める。

「あら、これ」

「どうした？」

「さっきは気がつかなかったけれど、この二人の名前」

「何？」

そう言って哲也が覗き込む。

「さっきは読み飛ばしていたので気がつかなかったけれど、イニシャルM・T、高木真佐子。K・W、綿貫京子。私、この二人を知っているわ」

「それがどうしたんだい」

「実薬を飲んでいた高木さん。東勇会総合病院の職員だった人よ。黒田作造院長と関係があったから、名ばかりの用度課課長だったってこと、病院では公然の秘密よ」

「職員だったたって？」

「高木さん、一昨年、うちの病院で亡くなっているの。カルテのコピーとケースカードでは治験開始から四週間後以降、来院しないため試験の評価から外すとなっているけれど……結構長いこと薬をもらいに来ていたような気がするけど……」

続けて綿貫京子のカルテを手にした裕子は、見る見る険しい表情になった。

「綿貫さんはプラセボを投薬されているわ。最終評価は悪化。当院でのフォロー不可能のため施設を紹介。この評価……嘘だわ」

「どういうこと？」

「最近会ったの、綿貫さんに。近所のスーパーマーケットで。綿貫建設の会長夫人よ」

「ヘルパーさんと買い物に来ていたとか」

「ううん。お一人で、まったくお元気そのもので、フィットネスクラブと英会話教室に通っているって。海外旅行にも行っているって」

「そんな馬鹿な。このレベルでの認知症では、一人で買い物なんかさせられないはずだよ」

「だから、認知症なんかには見えなかった。いえ、絶対に認知症なんかじゃない。今は月に一度、降圧剤をもらいに黒田先生のバイト先の高橋内科クリニックに通っているって言っていたもの。それも黒田先生が、ＶＩＰの綿貫さんだからこそ、近所で、待ち時間も少ないクリニックを勧めてくれたって言っていたわ」

「馬鹿な……自分の病院の治験で認知症が悪化した患者を、介護施設ではなく一般の内科クリニックに紹介するなんておかしいだろう」

「治験が終わってから認知症から回復したとか……」

「そんなことあり得ないよ」

「綿貫さんがはじめから認知症じゃあないとしたら、どうして悪化という評価にする必要があったのかしら」

　しばらくの間、二人は黙り込んだ。

最初に口を開いたのは哲也だった。

「こう考えると、説明がつく。つまり、黒田先生は、綿貫さんの最終評価を、悪化としなくてはならなかった」

「どうして」

「綿貫さんに投薬されたのはプラセボだとわかっていたからだ。プラセボに当たった人が著効や有効の判定になったら実薬との統計的な差がつきにくくなる。だからプラセボを飲んだ人は、悪化と評価した。でも悪化と評価した患者が治験終了後もピンピンして東勇会総合病院に通院するのは不自然だ。だから追跡調査できないように、東勇会総合病院での診療は治験終了とともに終わりにし、体《てい》の良い理由を作って、綿貫さんを高橋内科クリニックに移した」

「なるほどね。治験終了後、綿貫さんは東勇会総合病院へは来院していないものね。まったく別のクリニックの患者になっているから、追跡ができないようになっているわ」

「おそらく、プラセボを飲んで悪化していないのに悪化と評価した他の患者も、同じようにしているんだろう」

「でもそれだけじゃ駄目よ」

「どうして」

「黒田先生が、綿貫さんにプラセボが投与されたと知っていた証拠が何もないもの。そんなこと知り得ないはずなのよ。この治験では医師は薬には触れない。処方箋を書くだけで、薬を渡すのは私たち薬剤師。実薬もプラセボも見かけはまったく同じで、私たち薬剤師にも見分けがつかないカプセル剤なのだもの。それに、土屋さんの持ってきてくれた、どの番号が実薬で、どの番号がプラセボだったかを示した表も、封をされて厳密に管理され、それが開封されたのはすべてのケースカードが回収された後なのだもの」

「だったら、やはり俺の言ったことは単なる言いがかりに過ぎなくなってしまう」

ここへ来て、さらに暗礁に乗り上げた感じだった。

「でも、何だか嫌な感じがするの。亡くなった高木さんのカルテの原本も見てくるわ」


このアルツカットの試験では、脳血管障害後遺症などで通院中で、軽度・中等度の認知症と診断された患者に治験の内容を説明し、同意を取り投薬の指示を出す。しかし、医師にもアルツカット（実薬）、プラセボのどちらが患者に渡るかはわからないようにされている。番号を振られた白箱から順番に薬剤を取り出し、患者に渡すのは裕子たち薬剤師だ。薬剤師たちも、どの箱に入った薬剤が実薬で、どの薬剤がプラセボかは、まったく識別不能だ。見た目もまったく同じに作られたカプセル剤。

医師・薬剤師たちは自分の患者が実薬、プラセボどちらを服用しているかわからないまま四週間ごとに経過をカルテに記載し、二十四週目に有効性の最終判断を下す。その内容及び何番の箱の薬剤を処方されたかも含めて、医師がカルテからケースカードに転記し、第三者である中央の試験管理委員会に送られ、そこで初めてキーオープン。即ち、どの番号の薬剤が実薬で、どの番号の薬剤がプラセボか明らかにされ、集計され、有効性・安全性について厳密な統計解析がなされる。

当然、患者もどちらの薬剤を飲んでいるのかはわからないが、症状の悪化など何か不都合を感じたときにはいつでも試験の中止を申し出て、それまでの治療に戻すことを希望しても不利益を被《こうむ》ることがないことを説明され、患者の権利も保障されている。二重盲検比較試験とは医師、患者間にバイアスがかかることを極限まで抑えた、最も精度の高い臨床試験として世界に認知されている。

翌日の休憩時間に、裕子は再び病院のカルテ保管室にいた。

部屋いっぱいに並んだスチールの書庫は、膨大な量のカルテがあいうえお順に整理されている。裕子は高木真佐子のカルテの原本を、やっと探し出すことができた。

カルテを袋に入れて薬剤部に戻り、それを開いた裕子は愕然とした。

急いで哲也にカルテ原本のコピーを渡してもらえるように、渋沢製薬の土屋に薬剤部への訪問を依頼した。


土屋からカルテ原本のコピーを渡された哲也も絶句した。

「ひどいな、改ざん、捏造じゃないか」

原本のカルテと、ファイルされていたカルテのコピーの記載事項には大きな齟齬《そご》があった。

コピーのカルテとそれを転記したケースカードでは、高木さんは試験開始から四週以降来院しなくなったとされ、それ以降のカルテは白紙。脱落症例として報告され、結果の解析からも除外されている。

一方、原本のカルテでは高木さんは三ヵ月まで治験薬の服用を続け、急性間質性肺炎を発症して死亡となっていた。コピーのカルテは、原本のカルテの四週以降の部分に白紙を貼りつけてコピーを取ったものだった。

そして、黒田は原本のカルテにはその急性間質性肺炎の原因を、高木真佐子が以前から常用していた市販の漢方便秘薬によるものと診断し記載していた。

普通なら治験中の死亡なので治験薬を被疑薬とすべきなのに、黒田は治療経過を改ざんしただけでなく、実薬のアルツカットが重篤な副作用を発現したことも隠蔽したことになる。

「ひどいな。最低だ。やっぱり黒田は、どの患者が実薬を飲んでいて、どの患者がプラセボを飲んでいるかをわかっていたんだな。そうでなければこんな操作をするはずがない」

土屋と哲也はこれらの書類を睨みつけた。


「それだけじゃないんだ」

哲也が続けた。

「論文では、様々な評価項目にしっかりとした統計学的な有意差がついている」

「これと違う結果は千回に一回以下しか起こらないという結果だったよね。かなりはっきりとアルツカットが効いていると判断していい差なんだよな」

「そうだ。そこで、すべてのケースカードが手元にあるわけではないのであくまで推定なんだが、黒田先生の極端な三十例を除外して解析をし直してみた。そうすると、どの評価項目でも実薬とプラセボとの有意差はまったくなくなってしまったんだ」

土屋は呆れた顔をしてあんぐりと口を開けた。

「なんだいそりゃ、黒田のデータが入らなければ、アルツカットはうどん粉と同程度の効き目しかないって結論になるのか」

土屋は首を横に振った。

「そうじゃない。死亡例まで出しているんだから、うどん粉以下ってことだ」

「そんな薬が、黒田の錬金術のおかげで画期的な新薬に生まれ変わるのか。そりゃあ癒着もするわけだよな。それでも、これはまだ状況証拠にしかならないよな。なんとしても黒田が実薬とプラセボを識別できた証拠を掴まなければならないな」

二人は顔を見合わせて頷き合った。

もう一度、綿貫さんに会ってみようと裕子は思った。

綿貫夫人に会ったスーパーマーケットに頻繁に立ち寄って、偶然そうに再会することができた。今度は裕子のほうから声をかけた。

「綿貫さん」

「あらあ。河本先生。よくお会いするわねえ。相変わらず、かわいいわあ」

「そんな。どうですか、その後お身体の具合は」

「もうすっかり調子良くてよ。黒田先生ったら三ヵ月に一度来ればよいですなんて。私のほうから月一でお願いしたくらい。あっ、でも聞いてほしいことがあるの。ねえよかったら、お茶でもいかが」

願ってもないことに、綿貫夫人のほうから誘いをかけてくれた。


スーパーマーケットからほど近いカフェテラスで綿貫夫人はかなり長い時間、一方的に見合い話を裕子に聞かせた。裕子は終始にこやかに聞き手に回って話をかわし続けた。夫人がやっと一息つきケーキに手を伸ばしたところで、裕子が質問に回る。

「うちの病院で治験のお薬を飲んでいただいたじゃないですか」

夫人はちょっと、きょとんとした顔を見せたがすぐに頷いて話し出した。

「ああ、治験なんてオーバーよ。黒田先生から頼まれたやつね。頭のすっきりする、新しい薬のモニターね。そうねえ半年近く飲んだかしら。そうそう、あのときも本当に紳士的だったわ。『無理をお願いするんだから、後でお茶でもご馳走させてください。

薬剤部でお薬をもらったら、ぜひ副院長室においでください』って」

「行かれたんですか」

「もちろんよ。素晴らしく綺麗なお部屋で、街が一望できるのよね。美味しいコーヒーまでご馳走してくださって。すっかり私、黒田ファンよ。それだけじゃなくてね、本当に患者さんのことを考える先生なのよ」

「どういうことですか？」

「これはね、老婆心ながら、薬剤師さんであるあなたにも言っておくけれど、決して悪くは取らないでね。あのお薬、割と大きなカプセルでしょう、飲み込みづらいのよ。そうしたら黒田先生、そうしたことを察してくださっていて、『こういうのは喉に張りついたりして飲みにくくはありませんか』って、そこまで気を遣ってくれたのよ。本来、薬剤師さんがするべきアドバイスよね。それでね、ちょっとお薬を見せてくださいって言って、シートから押し出したカプセルを一つ掌に載せたの」

「お薬を出したんですか？」

そんな服薬指導はあってはならないと思ったが、裕子は何とか堪え、頷いて話を聞いた。

「そうよ。そしてね、カプセルの両端をつまんで引っ張ってカプセルを二つに簡単に外したのよ。私たち素人はそんなことできるって知らないでしょう。簡単に外れるのよね、カプセルって。そうして、先生が中の粉を掌に載せて、少ししてからコップの水に溶いて、こうやって飲んでもかまいませんよって、やって見せてくださったのよ。その場でそれを飲んだけれど、カプセルよりも全然抵抗なく飲めたわ」

綿貫夫人はそう言って、黒田がしたように目の前の水の入ったグラスの上でくるくると指を動かした。

「私、感動しちゃった。大きい錠剤とかカプセルって私たち年寄りには飲みづらいのよね。黒田先生はそこまで気を遣ってくださったのよ。それでもね、調子が良いとお薬ってついつい飲み忘れちゃうのよね」

綿貫夫人は、うっとりと思い出しながら黒田のことを繰り返し賞賛した。そんな服薬指導はあってはならないと再び思ったが、裕子は辛うじて反論する気持ちを抑え、何とか微笑を浮かべながら、彼女の話に耳を傾け続けた。

「飲み忘れもあったんですか」

「何回かだけよ。黒田先生には内緒にしててね。ちゃんと飲んでますっていつも答えてたから」

綿貫夫人はバッグの中から薬入れに使っている花柄のポーチを取り出した。中に裕子もよく知っている降圧剤、便秘薬などが入っていた。綿貫夫人は、カサコソと底のほうから三カプセルが残ったアルミニウムのシートを取り出した。

「これよね。私って物持ちの良いこと」

そう言って夫人はテレ笑いを浮かべた。

「頭がすっきりするお薬だから、取っておいて、ぼうっとしたときにでも飲もうかしらって」

「だめですよ、綿貫さん。お薬を自己判断で飲んでは。もう飲み切ったことになってるんですから。後で飲んで、もし副作用が出たって、私たちには何が原因かわからなくなっちゃうでしょう。黒田先生には内緒にしてあげますから、それは私が回収しまーす」

綿貫夫人が服用していたカプセルを入手できたことは収穫だと思った。

そして、黒田がカプセルを二つに外し、中の粉を水に溶いて飲んでよいと患者に指導していたこと。それはまったく新しい事実だった。

裕子は急いで哲也の元へ走りこのことを伝えた。

「なるほど。そのカプセルを見せてもらえる？」

哲也は綿貫夫人の説明を再現するようにカプセル剤を取り出し、カプセルの両端をつまんで引っ張ると、確かにカプセルは簡単に二つに外れた。そして中の白色の粉薬を掌に載せて眺めた。その粉をコップに入れた水に溶いて、じっとその液体を見つめた。

「やはりこれだけでは、これが実薬かプラセボかを見分けることなんて不可能だ……」

そう呟いて、哲也は机に肘をつき、両手で口元を押さえた。

やっぱりだめかと裕子もがっかりし、哲也から目をそらし、ため息をついた。

そのときだった。急に顔を上げ、哲也はうんうんと頷いて笑顔を見せた。

「すべて謎が解けたよ。やっぱり黒田は実薬とプラセボを見分けることができたんだ。そして実薬を服用した患者は著効、プラセボを服用した患者は悪化と結論づけた。そして、著効と判断された患者十九例は引き続き東勇会総合病院の自分の外来で診療を続けた。治験で著効と結論づけても治験薬の投薬が終わり、徐々に症状が進行したとすれば、著効と判断した患者の認知症がひどくなっていてもそれほど不自然ではないからね。一方、悪化と評価された、綿貫さんのような患者さん十例はすべて高橋内科クリニックに紹介して、その後の経過を追跡できないようにした。認知症が悪化した人が元気でいるのは不自然だからね。

治験全体で二百例を集めた中に、このように極端な例を三十例も交ぜれば、実薬が統計学的に有意に効いているという結論にすることができる。おそらく黒田は、患者が来院するタイミングのどこかで、綿貫さんと同様にカプセルを外す服薬指導を三十人すべてに行ったんだろう」

「でも、謎が解けたってどういうこと？　どうして黒田は見分けられたかわかったの？」

「それはね……」

哲也の説明に裕子は目を見開いた。

「なるほど……そんなに簡単なことだったのね」


翌週、裕子は黒田の外来日である木曜日に休みを取り、高橋内科クリニックの周辺をぶらつき、クリニックに出入りする患者を観察した。

そして、東勇会総合病院で見覚えのある患者、少なくとも五人が高橋内科クリニックを受診していたことがわかった。

裕子は偶然を装い、「お久しぶり」と声をかけ、名前も確認した。五人とも症状が安定し、東勇会総合病院から黒田に紹介されて高橋内科クリニックに通っている患者であった。

そして聞き出せた名前から、その五人もカルテでは悪化と評価された患者であることも確認できた。認知症が悪化したと黒田が最終評価した、プラセボを投与された十人の患者のうち、綿貫夫人を含めた少なくとも六人は元気そうに高橋クリニックに一人で通院していることになる。


「ほどほどにしてくださいね。いくら何でも薬剤師にまでちょっかいを出すなんて恥ずかしいわ」

高級ブランドと一目でわかるピンクのスーツに身を包んだ和子は、副院長室で夫を睨んだ。

「ちょっかいなんて出してないって……あっちが僕に色目を使っているんだよ。本当だってば」

「まあ、どっちが色狂いかはわかりませんけれど。でも、あの女、河本裕子には気をつけたほうが良いわよ。私が気づいただけでも、遅い時間に何度か病院から何か薬みたいなものを持ち出したり、渋沢製薬のＭＲの土屋さんに書類を渡していたわ。それに、先日、私が高橋内科クリニックにあなたの忘れ物を届けに行ったときも、クリニックの周りをうろついていたのよ。まるでストーカーみたいに」

そのことは黒田も、高橋内科クリニックの数名の患者から、クリニックの前で東勇会総合病院の先生に偶然会って懐かしかったとの発言を聞いていた。

「考えすぎだって。そろそろお義母さんの三回忌も過ぎることだし、和子も気持を切り替えたほうが良いんじゃないかな。海外にでも行ってきたらどうだい」

黒田がそう言い終わらないうちに和子はバタンと大きな音を立ててドアを閉め、副院長室を出ていった。

（ストーカーなんかであるものか……。あの女は、アルツカットの治験資料も持ち出していたのだ。その後で高橋内科クリニックの患者に何人も声をかけていた。和子に言われるまでもない。すでにやつらの身辺は洗っている。ＭＲの土屋、薬剤部の裕子、そして裕子の婚約者で落ちこぼれ研究員の葛岡。渋沢製薬繋がりのこいつらがつるんで俺の周りを嗅ぎまわっていることぐらい、とっくの昔に気づいている）
そう呟いて、黒田は副院長室の窓の外に広がる、曇った空を睨みつけた。

副院長室からエレベーターホールに向かいながら、二年前に亡くなった母の記憶が呼び起こされ、和子はハンカチを目に当てた。

（気持を切り替えろとか、海外に行けとか、あの人は何をのんきなことを言っているのだろう。薬局で買って飲んでいた漢方の便秘薬が原因のアレルギー反応による急性の間質性肺炎が死因だと説明したが……そのときに私の母を助けられなかったのは自分じゃないの……）

息が苦しいと言って咳き込む母、高木真佐子を診て、黒田は検査もせず、風邪の引き始めでしょうと、抗生物質を処方した。

翌朝、真佐子の症状はまったく改善せず、重度の呼吸困難に陥ってから呼吸器内科でレントゲンを撮り、血液検査をして、間質性肺炎と診断されたときには手遅れだった。真佐子はそのまま亡くなった。

間質性肺炎とは生命に関わる重篤な疾患であるが、薬剤のアレルギーで起こることが多く、細菌性の肺炎に有効な抗生物質は無効である。すぐにレントゲンと血液検査などで確定診断し、原因と考えられる薬剤を中止し、ステロイドホルモン剤の短期大量投与を行ってアレルギーの炎症反応を速やかに抑え込めば助けられた可能性は充分にあったということは、元看護師である和子には容易に想像がついた。

「藪医者！」

涙を拭いた和子は、吐き捨てるように呟いた。

一九七六年八月

こんなに楽しい夏休みを過ごせたことは初めてだと、高木和子は思った。

（家に帰ったら少しだけ残っている宿題を一気に片づけてしまおう。一生懸命勉強して、お父さんお母さんを喜ばそう。弟が夏休みの宿題にほとんど手を付けていないのはわかっている。でも今年は少し手伝ってあげよう。お父さんはいつも帰りが遅いし、無口だけど、旅行の間中ニコニコしていた。弟は、お父さんがこんなに良い人だって

初めて気がついたみたいだ）

「お父さんが頑張って、主任さんになってくれたから、お給料も少し上がったのよ。夏休みを皆で過ごせるのも、お父さんのおかげなのよ」

母、真佐子は、そう言って微笑んだ。

帰途についても、弟の健太郎ははしゃいでどうにもならなかった。父、高木建三もそれが嬉しいようで、健太郎の歌う下手くそな歌に、運転しながら合いの手を入れている。

「海だ、民宿かもめ荘。夏だ、民宿かもめ荘。お風呂だ、ご飯だ、楽しいなあ。走れ、閃光レンタカー、マッハだ、われらのレンタカー、すごいぞ、速いぞ、空飛ぶぞお。海だ、民宿かもめ荘……」

健太郎は、勝手に作詞作曲した歌を何度も繰り返し歌った。それがおかしくて、家族皆笑いこける。皆が笑うのが嬉しくて健太郎はまた歌う。

「民宿のご飯はお魚が多いからね」

そう言って真佐子は、ソーセージや大和煮の缶詰を用意した。麦茶も魔法瓶に詰めてきた。健太郎用に、少しだけお砂糖を入れた麦茶も小さなポットに入れてきた。出がけには朝早くからおにぎりをたくさん握った。和子も握るのを手伝った。母のようには上手く握れず、大きくてまん丸になってしまったが、不格好なやつは自分で食べようと思っていた。

「お姉ちゃんのおにぎり、なかなかいけるぞ」

建三が和子のおにぎりをほとんど食べた。

和子は、父がますます好きになった。筋肉隆々の建三は左右の腕に和子と健太郎がぶら下がっても大丈夫だ。母はいつも向日葵のように明るく、素敵だ。和子はこの家族が大好きだった。


帰途、国道は渋滞もなく、見込みより早く自宅に戻れそうだった。

「快調だな。早めに出て良かったな」

「カイチョウ、カイチョ……」

助手席を占領した弟が、さすがに騒ぎ疲れたのか、眠そうな声で父の真似をする。

ラジオからはナイター中継が流れていた。後部座席の和子と母も、起きていようとしていたが、知らず知らず、コックリ、コックリと何度も首が前に倒れた。

「おしっこ漏れそう……」

そう言って健太郎が助手席の上で立ち上がり、ぴょんぴょんと飛び跳ねる。

「危ないから座ってなさい。どこかで停めてあげるから」

建三がそう言い終わらないうちに、寝ぼけた健太郎は助手席の上で足を滑らせ、頭を建三のほうへ向けて倒れかかる。建三は左手一本で健太郎の頭を支えて元の位置に座らせようとして、一瞬気を取られた。

そこから先のことは和子の記憶からぷっつりと途切れている。家族にとって、それが最初で最後の旅行となった。


「八月二十六日、午後七時五十分頃、国道四号線を東京方面に向けて走行中の乗用車が、前方で急停車した四トントラックに追突した。現場にはブレーキを踏んだ痕がなく、脇見運転か居眠り運転の疑い。運転手の高木建三さん（四十二歳）、長男、健太郎君（七歳）は即死。妻、真佐子さん（四十一歳）、長女、和子さん（十歳）は重体。高木さん一家は夏休みを利用して、家族四人で千葉県の木更津に一泊で海水浴に行った帰りだった」

毎朝新聞

和子は、奇跡的に打撲と骨折だけで助かった。母真佐子は、リハビリ後も左足にごく軽度の障害が残った。建三はハンドルと運転席に挟まれて即死。弟、健太郎は、フロントガラスを突き破って外に飛び出し、やはり即死だった。

決して裕福と言える家庭ではなかったが、建三も真佐子も、子供たちに貧しいということを意識させなかった。幸せな家庭を一生懸命につくろうとしていたのだろう。

和子と真佐子に援助の手を差し伸べたのが、事故後に搬送された東勇会総合病院の病院長、黒田作造だった。

従業員寮の部屋が、和子と真佐子に貸与された。真佐子は病院の職員として事務の仕事を手にすることもできた。

事故以来、看護師になりたいと思った和子の夢も、黒田院長はサポートした。

看護学校の戴帽式の日、テレビ局が取材に来た。

「天国のお父さん、喜んでくれますか……事故からの再生」母子と院長のドキュメンタリーだった。

真佐子の表情も昔のように向日葵のような明るさが戻り、さらに妖艶さも加わったように思われた。

真佐子が寮を出て近くの少し広いマンションに移ることになったとき、和子は寮に留まりたいと言った。希望が通ることはわかっていた。

少し前、体調が悪くなり看護学校を早退し部屋に戻った和子は、真佐子と院長の作造が関係を結んでいるところを、目撃してしまったからだ。

それがどういうことかわからぬほど子供ではなかったが、どうすれば良いかわかるほど大人でもなかった。人間とはそんなものかもしれないと、諦念に近い感じで二人の関係を容認した。

このときから和子は母と距離を置くようにした。東勇会総合病院の看護師になってからは遮二無二働いた。化粧も、遊びもしなかった。早く一人前になりたかった。一人で生きていけるようになりたかった。

一九九一年五月

和子は一人の入院患者に好意を持った。

渋沢製薬のＭＲ、土屋慎一だった。

土屋は、自分の担当先である東勇会総合病院に向かって営業車で走行中、急に倒れてきたクレーンに車をつぶされ、自ら東勇会総合病院を指名して入院した。右足の骨折だけで済んだのは奇跡的だった。

土屋はガッシリとした体格で回復も人一倍早かった。いつも礼儀正しくて、爽やかな印象で、それでいて営業マンにしてはちょっと不器用な感じがして、駆け引きなんてできそうにない印象だった。

和子は、土屋の笑顔の中に亡くなった父の面影を見ていたのかもしれない。


退院の日、土屋はつき合ってほしいと和子に告げた。

そして、五月の和子の誕生日にデートをする約束をした。

和子は約束の日を心待ちにした。お化粧の練習もした。流行の服など持っていなかったが、何を着ていこうかとずいぶん真剣に悩んだ。

直前になって、急な出張でどうしても都合がつかないと、土屋から連絡が入った。がっかりだけれど、仕事ならしょうがないと思った。必ず埋め合わせはするからと必死に詫びを入れる土屋を愛おしいと思った。

「退院早々すまないが、黒田副院長直々のご指名なんだ」

渋沢製薬医薬品営業本部・東京支店長、大隅武志は来客室に土屋を呼びつけた。

「大きい声では言えないが、五月二十七、二十八日の二日間、大阪で開催される神経内科臨床研究会に黒田先生の代理で出張してほしい。そのお役目を土屋にお願いするって電話があった。代理っていったって参加費を払って二日間会場をぶらつくだけで構わん。出席しさえすれば認定医の単位がもらえる。要するに代返だ。こんなこと他の社員の前では言えないからな。参加費、宿泊費、旅費、食事代はすべて俺につけ替えて構わないから、よろしく頼むわ。大事なお得意先が、お前を見込んで指名してきたんだからな。ＭＲ冥利に尽きるじゃないか」

（和子の誕生日と被っている）

そう思ったが声には出さず、土屋は笑いながら返事をした。

「承知しました。黒田先生もやんちゃですね」


せっかくの休日に予定がなくなった和子は暇を持てあましていた。

寮を出て、近所に買い物にでも出かけようとしたとき、脇に止まった白い高級外車から声をかけられた。

「高木さん」

「あっ、副院長先生」

「お誕生日おめでとう」

「えーっ、どうしてわかったんですか」

「そりゃあ、職員のことくらい把握してなきゃね。それよりどうしたの。せっかくの休日で誕生日なのにデートは？」

和子が少し寂しそうな表情をしたのを副院長は見逃さなかった。

「よしわかった。僕がお祝いしてあげる。さあ、乗って」

そう言って副院長は助手席のドアをさっと開けた。


「いいかい、今日一日は僕に任せてね。ちょっとしたサプライズを考えてるんだ」

副院長は歌舞伎役者のように整った顔に、爽やかな笑顔を浮かべた。

和子が最初に連れていかれたのは赤坂にあるスタジオのような所だった。女性雑誌で見た覚えのある顔のひょろっとした男が近づいてくる。

「あらあ、黒田先生、この子ね」

男は、和子の体を眺め回す。

「うん。確かに良い子ね。ダイヤモンドの原石だわ。任せてちょうだい。三時間後にいらしたときには驚かせてあげる」

「健ちゃん、じゃあ頼んだよ」

副院長は和子にウインクをして、どこかへ消えてしまった。

「あなた、いつもほとんどお化粧しないんでしょう。肌も綺麗だし。でもね、もったいないわ」

彼は三、四人のスタッフとともに、和子の頭の先からメイクを施していく。そればかりでなく、あらかじめ測ったかのようにサイズの合った高級ブランドのドレスからハンドバッグまでが用意されていた。和子は何がなんだかわからず、されるままになっていた。

「さあでき上がり。すごいわ。あなたやっぱりスワンね。私の目に狂いはなかったわ。見てご覧なさい」

男は和子を大きな鏡の前に立たせた。

「これっ、私？」

そこには、女優のように美しい女性が立っていた。

「本当に、これが私なの？　どうして？　私、今まで……」

それしか言えなかった。知らず知らず涙が溢れ出てきた。

「駄目よお。泣いたら、せっかくのメイクが台なしになっちゃうじゃない。驚いたでしょうけど、私たちも一緒よ。あなた看護師やってるのもったいないわよ。本当に芸能界で頑張ってみる気なあい？　必ずものになると思うけど」

「健ちゃん。駄目だよ。うちの子をそそのかしちゃ」

いつの間にか副院長が和子の後ろに立っていた。

「やっぱり僕が見込んだ通りだね。本当に綺麗だ」

副院長は、大きな白いバラが何十本も入った花束を差し出した。

「先生、ずいぶん女の子連れてきたけど、この子がダントツね。もう、悪い男」

健ちゃんと呼ばれた男は黒田に耳打ちした。


外に出ると、人々の視線が自分に集まるのがはっきりと感じられた。

看護師の和子が感じたことがあるのは、温かな視線だったが、今、自分に向けられている視線は、何か違っている。目を見張ってじっと凝視する人、気づかれないように横目で舐め回すように眺める人、そうした視線が痛いほど和子には感じられた。

次に連れていかれたのは美術館のようなレストランだった。雑誌やテレビで見たことのある店。入り口ではきちっとした黒いスーツを着た外国人がエスコートしてくれる。

「先生、このビューティフルなレディはどなたですか」

彼らも副院長に媚を売るように尋ねた。

「トップシークレットだよ」

副院長の受け答えに、彼がここの常連であることが感じられた。

何もかも初めての体験。夢の中にいるようだった。

「先生、私、こんなにしていただいて困ります」

「何も困ることはないよ。当然だ、君はスワンだったんだ。今までの君と、今日からの君とは違うんだよ。さあ乾杯だ」

副院長はそう言って微笑み、食前酒のグラスを目の高さに上げた。コースは、というよりちゃんとしたコース料理なんて初めてだったのだが、何もかも和子の食べたことのない食材ばかりで、繊細で、驚くほど美味しかった。ワインもソムリエが和子の口に合わせてくれ、軽くて爽やかですいすいと喉を通った。

料理が片づき、デザートが運ばれてきたときに、黒田は小さな箱を和子に差し出した。

「何ですか？」

箱を開けると出てきた指輪には大きなダイヤモンドが輝いていた。

「これ？」

「返事はすぐでなくてもいい。僕と結婚してくれないか」

和子をじっと見つめて、黒田が言った。今日一日驚くことばかりで和子はすっかり混乱していた。ワインを少し飲みすぎたのか、何か頭もボーっとしていた。

「でも、私どうしたらいいか」

「いいんだ、驚かせてばかりでごめんね。でも本当の気持ちだよ。受け取ってほしい。返事はノーでもいい。それは君のものだ。さあ、もう一つサプライズがある。取って置きの場所へ案内するよ」

黒田は飲酒したことなどお構いなく高級外車を走らせた。

風が気持ちよくて、和子は夢の中にいるみたいにまどろんでいた。

バラの良い香りを感じて目を覚ますと、和子はスイートルームのような所にいた。

目の前のテーブルにはプレゼントの白いバラの大きな花束と、指輪の入った箱が置かれている。ふかふかのソファで、隣に黒田が座っている。

「ごめんなさい私、飲みすぎたみたいで寝ちゃいました」

「いいんだよ。疲れていたんだろう」

黒田はワイングラスを差し出す。

「さあもう一度、乾杯だ。お誕生日おめでとう」

「ありがとうございます」

よく冷えた、ほんのりと甘くフルーティーな白ワインを一口飲むと、再び和子は夢見心地になる。

グラスをテーブルに置くと、黒田の顔が近づいてくるのがわかる。キスされる。何も抵抗ができない。黒田の舌が和子の唇をこじ開け、和子の舌に絡んでくる。

「いけまふぇん、先生……」

(呂律が回らない。本当にお酒のせいかしら……足にも力が入らない。立ち上がれない。仕方ないのかな……)

「これでいいのかなあ」

「どうしていけないんだい。結婚しよう。君は自由だ。看護師を続けてもいい。専業主婦になってもいい。何もしなくてもいい。君はシンデレラになったんだよ。僕だけのシンデレラになってほしいんだ」

黒田はまた唇を重ねてきた。体の力が入らない……和子は黒田にしなだれかかるしかない。黒田の手が服の上からそっと胸を撫でる。初めてなのに、和子はもうどうでもいいやという気持ちになってくる。

「何も心配しなくていいからね」

黒田は微笑み、和子の顔を覗き込んだ。


大阪出張から戻った土屋は、和子に電話をし、誕生日のデートをキャンセルしたことを詫びた。そして出張先で買ってきたお土産を渡したいと言ったが、和子の返事はつれなかった。

それからも何度か連絡をしたが留守電になっていて、和子からの返事はなかった。東勇会総合病院でMR活動中に、看護師姿の和子を見かけることもあったが、もう和子は土屋とは目も合わせようとしなかった。

仕事のために一度だけ予定をキャンセルしたことで、こうまで態度を変える和子に、少し土屋もがっかりし、彼のほうからも彼女とは距離を置くことにした。

それから、和子の人生は一変した。

都内の超一流のホテルでの黒田と和子の結婚式には、三百人もの人が招待され、有名なアナウンサーが司会を行い、プロ歌手が祝いの歌を歌い、医学会の重鎮たちが数多く祝辞を述べた。

看護部をはじめ病院のスタッフのみんなもお祝いをしてくれた。

「驚いたわ。まったく気づかなかった。黒田先生も、つまみ食いばかりで、どうしようもない遊び人だと思ったけれど、本当に結婚しちゃうのねえ。でも和子めちゃくちゃ綺麗。ちょっと悔しいけれど、和子にとっても、黒田先生にとっても良い結婚よね」

総婦長が微笑んで言ったことは看護部皆の気持ちを代弁していた。


その日以来、まさに頭の先から足の先まで、いや、生活のすべてにわたって、和子は今まで経験したことのない贅沢なものに囲まれることになった。

パスポートの取り方すら知らなかった和子だが、新婚旅行ではパリのプラザ・アテカのスイートに滞在し、三つ星シェフのレストランや五つ星ホテルの料理を堪能した。いろいろなブランドを見て回り、これが素敵だと和子が言うと、黒田は簡単に言ってのけた。

「いろいろなブランドを買うのは成金臭いから、洋服だけでなくバッグ、靴、宝石などもできるだけ同じブランドで統一したらいい」

それから間もなく和子は、看護師を辞め専業主婦となった。

専業主婦とはいっても、家事はすべて家政婦がやってくれるので、時間があり余り、テニススクールや、海外旅行や買い物などに明け暮れる日々が続いた。

しかし、黒田との生活に和子が幸せを感じたのは、新婚旅行とその後しばらくの間だけだった。

すぐばれるような浮気を黒田は何度も繰り返し、悪びれることも一切なかった。

「結婚したのは君だけだよ。わかっているだろう」

非難する和子を一切無視した。そのくせ、製薬会社の接待、慶弔などのオフィシャルな場所には必ず和子を同伴した。

副院長夫人として誰もが和子を「奥様、奥様」と、ちやほやと持ち上げてくれた。

美しい洋服、アクセサリーに包まれながら、自分こそが黒田のアクセサリーになっているのだと気づくのに時間はかからなかった。

しかしながら、夫の愛情、それ以外は何でも手に入る生活。黒田に背き、そうした生活を捨て去る気持ちはとうに和子からは消え失せていた。

看護師であったときの自分の年収は残業、夜勤手当を入れても三百万円に満たなかった。今、副院長の黒田の年収は二千万円以上。その他に副院長として黒田が使える経費はその倍はあった。

また別に、製薬会社から治験謝礼として入る研究費、原稿料、アドバイザー料、講習会講師料などは年間数百万。毎週のように使う有名レストランの支払いもほとんどが製薬会社の負担だった。

看護師を辞め、実質的な労働はしていないにもかかわらず、東勇会総合病院の看護部の職員として、和子の口座にも相当な金額の給料が自動的に振り込まれていた。

姑は末期の肺がんで寝たきりとなり、舅、黒田作造院長の身の回りのことは、東勇会総合病院用度課長になっていた和子の母、高木真佐子が仕切っていた。彼女が実質的な院長夫人となっていることは病院内では公然の秘密となっていた。

和子は母と接点を持つことはほとんどなくなっていたが、真佐子も進んで接点をつくろうとはしなかった。

それまでの人生とはまったく違う、夢のような豊かさは、そうしたことを見えなくく、あるいは見ようともしなくするのに充分であった。

夫の愛情、それ以外は何でも手に入る生活を悲しいとは思わなかった。黒田は和子がそういう生活に馴染んでいくことをむしろ歓迎した。

世の中にここまでの格差があることを何も知らずに、三百万円前後の年収で働く後輩たちや、職員たちが本当に愚かに見えた。

和子は、つい最近まで自分もそちら側にいたことは忘れ、もし自分がそんな立場になったら耐えられないと、戦慄に近い感情すら覚える人間になっていた。

第三幕　凶行

元渋沢製薬中央研究所所長、現在は取締役研究開発本部長となった奥貫和俊から、久しぶりに哲也が電話をもらったのは意外だった。

奥貫は哲也を研究所から追い出した張本人だと、同期の土屋から聞かされていたからだ。

しかしながら奥貫の口調は優しかった。

哲也のチームが開発し、副作用のため開発を中断していた肝疾患治療薬レバガードの開発を再開すべきだとの意見が、東勇会総合病院の消化器内科部長、中村肇《なかむらはじめ》医師から寄せられていて、一度、会って打ち合わせをしたいとのことであった。

「葛岡君には苦労をかけて本当に申し訳なく思っている。中村先生のおっしゃる通りだと思う。君と約束した通り、私もアルツカットの発売見込みが立った現在であれば、レバガードの開発は再開してもよいと思っていたところだ。他の役員連中も説得できそうだ。だから今回の打ち合わせに開発リーダーであった君にも参加してもらえれば、本当に心強い」

願ってもない話だと哲也は答えた。

「中村先生も大変お忙しいようで、次の日曜日の十三時に面談を希望されているのだが都合はつくだろうか？」

「もちろんです。大変ありがたいお話です」

消化器内科部長の中村医師は、レバガードのフェーズⅣの臨床試験の参加メンバーの一人だったはずだ。

哲也も、一度会ってレバガードの実際の臨床での印象などを聞いてみたいと思った。


日曜日の昼過ぎに、哲也は奥貫と待ち合わせ、東勇会総合病院に向かい、病院の会議室に通された。

「お休みのところお呼び立てして申し訳ありません。消化器内科の中村と申します」

哲也と奥貫は中村医師の向かい側の椅子に座った。

「休日なので秘書も休んでいて、何もありませんが」

中村医師は、コーヒーを勧めた。

「実際にレバガードを開発された葛岡先生とお会いできることは、本当に光栄に思っています」

歌舞伎役者を思わせる整った風貌に涼しげな眼差しの、中村と名乗った医師は、コーヒーを口にする哲也を見つめ笑顔を見せた。

「先生だなんて、恐れ多いです。単なる企業の研究者で……」

答えながら、哲也の意識は遠のいていった。


その日の午後、土屋が飯田橋のマンションのオートロックのエントランスを開けると、帽子を目深に被った、ネイビーブルーの作業服の男が二人、後ろからそそくさと挨拶もせずに追い越してエレベーターに向かっていった。

失礼なやつらだと思ったが、引越し業者か、ガス屋か何かだろうと思い、たいして気にも留めなかった。

エントランス横にある集合ポストを開けて中を確かめる。不動産のチラシしか入っておらず、横のゴミ箱に放り込み、エレベーターを呼んだ。先の男たちも五階で降りたようで、そのとき、土屋はちょっと嫌な感じを覚えたが、エレベーターに乗り込みボタンを押した。

五階のフロアは物音一つしない。廊下の左右を見渡したが、誰も表に出ていない。いつもと変わらぬ静まり返ったマンションだ。蛍光灯が一つ切れかけてチカチカしているせいか、ひどく廊下が薄暗く感じられた。

　どさっと背中に誰かが飛び乗ってきたかのような感覚がした。ふっと意識が遠のき、額に生暖かい雨が降りかかってくる。手で拭うとそれは殴打された頭部から流れ出た自分の血液であると認識し、初めて襲われたと気がついた。

　直後には、土屋は背後から羽交い締めにされ、前方に回ったもう一人の男が、俯いたまま腹部に何発もパンチを打ってくる。

　二人とも一言も口を利かず、作業のように正確に土屋を痛めつける。

　思い切り腹筋に力を入れ、羽交い締めを振り切ろうと暴れるが、外せない。

　男たちは終始無言で土屋を押さえつけ、パンチを叩き込んでくる。

（こいつら慣れている……）

　そう思いながら遠のく意識を何とか保ち、羽交い締めにしている後ろの男の腕に噛みつき、前方の男の急所に蹴りを入れるが、土屋のつま先は空を切っただけだった。

　それどころかさらに腹と急所に数発打ち込まれ、身体の力が一気に抜ける。

（だめだ……）

　後ろの男から羽交い締めにされたまま、前方の男は土屋の両足を抱え上げる。二人がかりで土屋の身体を持ち上げ、五階の手すりから外へ投げ落とそうとしている。

(殺される)

そう思った瞬間に、やっと大声が出た。

「わーっ、誰か助けてくれー」

どうしてもっと早く声を出さなかったのかと後悔したときには、土屋は五階の通路から外に放り出され宙に浮いた。

二人組は土屋の声を聞いて住人が飛び出してくる前に、息一つ切らさず、無言のまま階段を素早く下りていった。

ほんの数十秒の間の出来事だった。

ばーん、という重いものが叩きつけられる大きな音が階下で響いた。


真上から降り注ぐ無影灯の強烈な光。

哲也は目を開き、自分が手術台の上で手足を拘束され、仰向けにされていることに気づいた。

「おはよう。東勇会総合病院、手術室へようこそ」

中村と名乗っていた医師が上から顔を覗き込んだ。

「中村先生？」

「簡単に騙されるんだねえ、お育ちの良い人っていうのは。私が黒田逸造です。しかし、まったくややこしいことをしてくれたよね、君たちは。ほら、裕子先生もそこでお休みですよ」

哲也から少し離れたストレッチャーの上に、裕子も拘束されていた。

「裕子を、どうしたんだ」

黒田がちょっと怒ったような顔をして、哲也を睨んだ。

「どうなさいましたか、だろう。裕子先生も当直明けで眠たそうだったので、君より先にここでお休みいただいていたんだよ」

「敬語も使えず、申し訳ございません、これでも元研究者ですので、自分の立場がわかっていない。営業の人間と違ってプライドが高すぎるようで。きちんと教育いたしますのでお許しください」

その声に驚いて顔の向きを変えると、でっぷりと太り、脂ぎった赤黒い顔に愛想笑いを浮かべたスーツ姿の男が、大きな身体を卑屈に縮めて立っている。

「奥貫さん。あんたグルだったのか」

「人聞きの悪い言い方をしないでもらいたいな、葛岡。さんづけもやめてくれ。これでも私は取締役だよ。黒田先生、こりゃあこいつらにとって良い薬になりますよ。このくらいのお仕置きをしなきゃ口の利き方もわからんのだ」

そう言って奥貫は黒田と目配せをし、二人は何とも陰険な笑いを浮かべた。

「こんなことをしてただで済むと思っているんですか」

「ただで済むなんて、思っているわけないじゃないですか。大変ですよ、ほんとに。君たちが悪いんですよ。アルツカットを嗅ぎ回るから」

「それは、あなたが、あの治験で不正な操作をしていたからだ」

黒田は奥貫と目を会わせ、頷きながら微笑を浮かべている。


「ほおっ、どこが不正ですか。説明してください。説明できたら解放してあげますよ」

「実薬とプラセボ。見た目はまったく識別不能だった」

「そうでしょう。当然ですよ。実薬、プラセボ、医師も薬剤師も、どちらを投与したかわかりませんし、患者もどちらを飲んでいるかわかりません。そして、統計解析専門の第三者がデータを解析する。あれは厳密な二重盲検比較試験ですよ。主治医の恣意やバイアスが入り込む余地はまったくない」

「そう思いましたよ、最初はね。しかし……」

「しかし、何ですか」

「結果が綺麗すぎたんだ」

「結果が綺麗ということは、実薬とプラセボの差がはっきり出ているということ。つまり実薬であるアルツカットが素晴らしい薬だという証明じゃないですか」

「綺麗すぎる結果は……黒田先生、あなたの患者ばかりだった。『著効』と『悪化』しかなかった」

黒田は一瞬眉間に皺を寄せたが、すぐに笑顔になって猫撫で声で聞いてくる。

「きちんと患者さんに説明し、治験のプロトコールを遵守したからでしょう。変な言いがかりはやめてもらいたいですね。そんなことを調べるために、この女と土屋を使って人の病院のカルテを漁ったりしたんですか。不法侵入、窃盗、守秘義務違反、機密漏洩……そちらのしたことこそ犯罪行為じゃないですか」

憤慨してみせる黒田の横で、奥貫も怖い顔をしてうんうんと頷き、媚を売る。

「あなたは、認知症になっていない軽度の脳血管障害後遺症の通院患者を認知症として治験にエントリーした。そして、実薬を飲んだ患者は、効果がなくても最終評価で著効、即ち正常の知的レベルに戻ったと結論づけた。プラセボを投与した患者は、エントリー時の症状を軽症とし、終了時には悪化と結論づけた。二百例のうち三十例もこんな極端な評価をつければ、統計学的な有意差がはっきりと出てしまう」

黒田は哲也の目をじっと見つめ、再び笑いを浮かべた。

「すごい想像力ですよね。幻覚？　妄想？　あなたこそ若年性認知症の疑いがありますね。アルツカットでも処方しましょうか。何度も言いますが、そっくり同じカプセルなんです。実薬とプラセボは、私にも識別不能です。だからあなたの推測は実行不可能じゃないですか」

「何度もそう思って壁にぶつかりましたよ。黒田先生、あなたは患者にこの治験の説明をするとき『頭の良くなる薬』とか『頭をすっきりさせる薬』とか説明していたそうですね」

「それが何か問題ですか？　患者の知的レベルには差があります。わかりやすく説明して何が悪いのですか」

「治験に参加してくれた患者さんが薬をもらって帰る前に、副院長室に呼び出されていたと話しています」

「私を信頼して長く付いてきてくれた患者さんばかりだ。お茶ぐらい振る舞っても悪いことはないでしょう」

「頭の良くなる薬を処方してくれたうえ、副院長、おん自ら茶菓まで振る舞ってくれる。患者は悪い気はしないでしょうね。そのうえ、あなたはご丁寧にもアルツカットの飲み方まで教えてあげている。『カプセルが喉について飲みづらいときもありますから。そんなときにはこうしてカプセルの両端をつまんで引っ張ると二つに分かれますから、中の粉薬を水に溶かして飲んでもよいのですよ』って、デモンストレーションまでしたそうですよね。一般の人にはカプセル剤を開けて中身だけ水に溶かして飲むって発想はないでしょうからね」

「それがどうしました？」

黒田はもう笑っていなかった。

「カプセルから水の入ったグラスに粉を入れて見せるときに、自分の指先に少しだけ粉をこぼしておく。少量でも、それを舐めればすぐにわかりますよね。カプセルの中身はどちらも同じ白い粉。でも、アルツカットはpH2・3とインタビューフォームに記載されていました。酸性です。つまり酸っぱいんですよ。舐めれば強い酸味を感じるんだ。プラセボはpH７・０、つまり中性で味がしない。綿貫さんから回収したカプセルの中身は味がしなかった。患者がどちらを服用しているか、あなたはこうして簡単に判別することができた。つまり、結果を操作することができたんだ」

中学校の理科の問題である。pH（ペーハー）とは、水素イオン濃度の略称で、pH７が中性、それより数字が大きくなればアルカリ性。数字が小さくなるほど酸性が強くなる。酸性食品のお酢はpH３・１、レモンはpH２・１。

この臨床試験ではカプセルを開けて飲むことは想定していないから、プラセボの中身は無味無臭の毒にも薬にもならない中性の粉だった。

黒田は深く頷いて、端正な顔を歪ませ何とも醜い、引きつったような笑いを口元に浮かべた。

「なるほどね。よくできました。そこまで調べていたとは思いませんでしたよ。土屋君を見せしめにして口止めしようと思いましたが、やっぱりあなたたちには、お帰りいただいては都合が悪いとしっかり確認できましたよ」

冷たい目でじっと哲也を一瞥すると、黒田は手術室の隅に行き、そこに取りつけられた電話でどこかに連絡を取っている。

奥貫が少しうろたえながら哲也の顔を覗き込む。哲也は改めて自分が手術台に拘束されている事実を認識した。

「葛岡君。君の正義感はわかった。しかし、だからどうしろというんだ。アルツカットはもう製造承認も取得した。もうすぐ医療現場で処方されることになる。

今処方されている、他社の認知症の薬なんて、本当にひどいもんだ。効いているか効いていないか、わからんものばかりだ。欧米からも、日本の薬は効かないと突っ込まれ、昨年には厚生省から二重盲検比較試験での再評価の指示が出されたほどだ。それに比べてアルツカットはすでに二重盲検比較試験での評価を終えている。そりゃあ、アルツカットも市販後は厚生省の再審査対象品目となるから、君が告発しなくたって、きちっと使用実態下の状況をモニタリングされることになる。もしかしたら、六年から十年後には効果がないと判断されて、承認を取り消される薬かもしれない。しかし、わが社はその間に数千億の売上げを見込めるんだぞ。会社の発展のために協力しようとは思えないのかね。

データ上、多少有効性はオーバーになったかもしれないが、良くなる人だって中には出てくるだろう。希望を持てる薬があることは、患者さんや家族の方たちのためでもあるんだよ。立派な社会貢献じゃないか、わからないかね。君は優秀な研究者だと思うがね」

哲也は腹の底から怒りが込み上げてきた。「いごっそう」の血が沸き立った。

（創薬とはなんだ。自分は今まで新薬を創ることで、少しでも多くの病気に悩む患者を救うことの一翼を担っているつもりで生きてきた。医師のように医療の最前線に立っているわけではないが、それでも有効性と安全性のバランスの取れた新薬を創ることは意味のある仕事であると思って生きてきた。それなのにいったい、こいつらはなんだ）

こいつらの卑劣さに我慢がならなくなった。

「会社の発展？　患者と家族のため？　自分のためでしょう、奥貫さん。社長になりたいという私欲だけでしょう。狂っていますよ、あんたたちは」

「狂っているのはお前だ、葛岡。自社の開発した薬のあら探しをして何の意味がある。お前ら年間一千億円以上を見込める売上げを飛ばそうとしているんだぞ」

その声の方向に顔を向けると、東京支店長の大隅が眉間に皺を寄せ腕組みをして、哲也を睨みつけている。

「大隅支店長まで……」

「お前たちは渋沢製薬にとって反逆者だ。土屋の野郎も目をかけてやったのに、二重スパイみたいなことをしやがった。効こうが、効くまいが、アルツカットを売ることで渋沢製薬は立ち直れるんだぞ」

「馬鹿なことを言うな。百億だろうが千億だろうが患者のためにならない薬なんて糞食らえだ」

「青臭いことを言うのもほどほどにしたほうが良いぞ、葛岡」

大隅が小さな身体を大きく見せるようにふんぞり返って、哲也を睨みつけている。

「百歩譲って、たいして効かない薬というだけならまだ許せるかもしれなかった。副作用死まで出し、それを隠蔽しているじゃないか。それも黒田、お前の義理の母親だろう。何とも思わないのか！」

哲也は思わず大声を張り上げていた。しかし、黒田はまだニヤニヤと笑っている。

「あれは義母が便秘で服用していた漢方薬による間質性肺炎でしたぁ」

哲也がすかさず反論する。

「漢方薬のメーカーにも確認したんだよ。確かに最近、漢方薬による間質性肺炎の報告は増えているが、それは慢性肝炎の治療に用いられる小柴胡湯《しょうさいことう》という薬によるもので、それに含まれるオウゴンという生薬が原因と考えられている。この患者の服用していた漢方便秘薬にはオウゴンは含まれていないし、この処方での間質性肺炎の報告は聞いたことがないそうだ。副作用の出る直前まで治験で服用していたアルツカットを被疑薬とするのは当然だろ。なのにわざわざカルテを改ざんして脱落例として副作用を隠し、統計解析からも外した。それが、お前にもアルツカットによるものだとの自覚があった証拠だ」

「参ったね。そこまでバレちゃってるの。でも医学の進歩のためには多少の犠牲はつき物ですよ。ホント、お人好しだよね。葛岡君。どうしようかな。ねえ、奥貫さん。あんまり同じ職場で自殺が続いちゃおかしいかね。僕は、昨今ありがちなことだと思うけどね。それとも事故にする？　病死でもいいけど。でもやっぱり、一番証拠が残らないのは自殺かなあ。僕は紳士だからあんまり自分の手は汚したくはないんだよね。君たち三人をきちんと始末するのは大変ですよ。まっ、もっとも、土屋君はさきほど自宅のマンションから飛び降り自殺をしたって確認がとれましたから、君たち二人っってことですけどね」

「嘘だ」

「本当ですよ。彼、営業成績が伸びないって、かなり悩んでいましたから。軽度のうつ病は前からあったんでしょうね。大隅支店長さんもあんまりＭＲにプレッシャーかけちゃいけませんよ」

大隅はちょっと驚いた表情を浮かべたが、すぐに平静を装った。

「そうでしたか。先生のご意見、本社の管理部門に申し伝えます。メンタルヘルスの管理監督部門をつくってもらわなくてはいけませんな」

「そのときは私がアドバイザリードクターとして協力させてもらいますよ」

そう言って二人は声を上げて笑った。

「土屋が自殺なんかするわけがない」

「そうでしょうね。でも、自殺になるんですよ、結果的にね。いろんな仕事を請け負う人たちがいるんですよ、世の中には」

奥貫は土屋が死んだと聞いて、怯え始めていた。赤黒く脂ぎった顔を弛んだ身体に引っ込めるようにしてビクビクしている。

大隅はざまあみろとでも言いたげに、ふてぶてしい表情で腕組みをしたままふんぞり返って哲也を睨みつけている。

哲也はこの局面で、逆に妙に肝が据わってくる自分が不思議に思えた。

殺されるであろうことへの恐怖感はまったくといっていいほど沸いてはこなかった。

「そこまでするか。犯罪だぞ」

黒田は哲也の言うことがおかしくてしょうがないというように苦笑を堪えきれないでいる。

「君も面白いことを言いますねえ……その通り犯罪です、これは。しかしただの犯罪ではない。完全犯罪です。いや、表に何も出ないのですから、やはり犯罪ではないのかな、はははははははっ。どうですかね奥貫さん、大隅支店長さん」

(こいつは狂っている)

奥貫は青ざめた顔で引きつった笑いを無理につくっている。

(自分は間違いなく、ここで殺される。好きにすればよい、だが……)

「私はどうなっても構わないから、裕子だけは助けてもらえませんか」

「へえ。良いことを言いますねえ、正義の味方は。わかりました。彼女には猶予を与えます」

　そう言って、黒田は裕子が拘束されているストレッチャーに近寄っていき、右手で裕子の胸を軽くさすって哲也に流し目を送る。哲也は怒りでこめかみの血管が痛くなるのを感じた。

「何をするんだ！」

「殺すなと言ったのはあなたでしょう。殺さない代わりに。良いことをしてあげようと思いましてね。結構良い女ですよね、彼女。何度か口説きましたけど乗ってこなかったんでね。まだ味見をさせていただいていないんですよ。お仕置きはそれからってことでもいいですよ」

「なっ、何を馬鹿なことを……」

「彼女、恋人と友人の死を目の当たりにして、ショックで記憶を一時失ってでもしてくれたら殺しませんよ。しっかりと治療してから、風俗で働かせることだって、海外に飛ばすことだって可能です。殺されるよりましでしょう。どうです奥貫さん、あんたにも好きにさせてあげましょうか？」

　奥貫はおどおどしながらも好色そうな笑いを口元に浮かべ、痙攣するように頷いてみせる。

哲也は怒りと悔しさで充血した目で、黒田を睨みつける。

見せつけるかのように黒田は裕子の胸から首筋、口元へと指を這わせていく。

「痛っ」

黒田は自分の指を口に咥えた。鮮血が黒田の口元を赤くする。

「殺しなさいよ、私も一緒に。あんたたちみたいな屑に何かされるくらいなら舌を噛んで死んでやるから」

意識を取り戻した裕子が、黒田の右手の指に思い切り噛みついた。黒田はさっと隅のほうへ飛んで行き、出血した指を消毒し包帯を巻き、左手にはメスを握って戻ってくる。

「まったくもう。裕子先生ったら。でも、その跳ね返ったところがまた、そそるんだよなぁ」

そう言って裕子の頬にぎこちなく左手でメスを這わせる。だんだんとそれが胸元へ下りていき、ブラウスのボタンを一つずつちぎっていく。裕子の白い胸元があらわになる。黒田の右手のガーゼに血液が滲み出してくるのが禍々《まがまが》しい。黒田はブラウスのボタンをすべて剥ぎ取り、ブラジャーのフロントホックの下にメスを当てた。

そのとき、手術室のドアを開ける音がして、皆いっせいにそちらを振り返った。

ハイブランドのピンクのドレスに身を包んだ黒田の妻が佇んでいる。

「和子」

和子は、まったく無表情の冷たい視線で手術室を見回し、黒田に歩み寄ってくる。

「こんな大事な場面で、私を仲間はずれにするのね」

「歓迎だよ、和子。お前が言っていた通り、こいつら病院を嗅ぎ回って大変なことをしでかしていたんだ」

「全部聞いていたわ。本当なのね」

「そうだとも。うちの病院を潰されるところだったよ」

和子はまったく表情を変えず、黒田の目だけを見て問い続ける。

「そう……でもそれは良くなくってよ」

和子は黒田の握っているメスを見つめ手を差し出した。

「もちろんだよ。これは脅しだよ」

そう言って、黒田は和子にメスを渡した。

「本当なのね。治験のことも、母のことも」

「あれは違う。しっかりと因果関係を調査しないと何とも言えないよ」

「本当なのね。土屋さんのことも」

「いや、あれは直接私がしたことじゃない」

「わかったわ。よくわかりました……」

和子が一歩前に踏み出そうとしたとき、上部に据えつけられたスピーカーからザザッとノイズが走った。


「そこまでだ。すべてそこまでだ」

見上げると中二階のモニタールームに明かりが灯り、そこからマイクに向けて坂上透消化器外科部長が叫んでいる。

「みんな、そこまでだ。もう充分です。黒田先生の下手くそな手術はすべてライブで録画させていただきました」

「何？」

見上げるとライブオペ録画用のカメラが録画中を表す赤いランプを点灯させて音もなく手術室を見下ろしている。

「ああっ」

奥貫と大隅が同時にそう言って、カメラに映らぬよう部屋の隅のほうへよたよたと後ずさっていく。

黒田も状況が飲み込めず、おろおろと中二階を見上げる。

「坂上先生。正気ですか、やめてくださいよ、悪い冗談は」

「黒田先生、それはこちらの台詞ですよ。観念しなさい。警察もこちらに向かってい る。和子さんもそこまでだ。もう充分証拠は固められたから。あっ、待てっ、やめるんだ」

その声を聞き、黒田は振り返り目を見開いた。

大粒の涙を溢れさせ、手渡されたメスをしっかりと腰の高さに握り締め、至近距離からまっすぐに自分の右脇腹に沈み込んでいく和子のメスをかわすことはできなかった。

黒田は、あんぐりと口を開け、自分の右脇腹をしっかりとえぐりながら沈み込んだメスを眺め、その刹那、反射的に和子の手からメスをもぎ取ると、それを和子の腹部に突き立てた。

しかしそれは、黒田が和子を刺したのではなく、和子が自ら黒田の持つメスに自分の腹部を押しつけたかのようにも見えた。

ほとんど同時に、手術室のドアが弾かれたように開き、雪崩《なだ》れ込んできた警察官は、現場を見て一瞬凍りついたように足を止めた。

もつれ合って倒れた黒田と和子の腹部からは、夥しい鮮血が噴出し、バケツで撒いたように見る見る手術室の床を紅く染めていった。

「待ってくれ。肝臓を刺している。このまま手術だ。緊急手術の用意を」

中二階から手術室に駆け込んできた坂上外科部長が大声を上げた。

初夏の日差しに、病院のエアコンの設定温度は少々高すぎたのだろう。ただでさえ運動不足の身体に車椅子の操作は難儀で、男の全身はじっとりと汗ばんだ。飯田橋の東京警察病院の整形外科病棟から消化器外科病棟へエレベーターで移動した。

やっと許可された面会だった。

個室の番号を確認し、音を立てないようにそうっと病室の戸を滑らせて中に入ると、車椅子をベッドの横につけた。

横たわっている女性の顔は以前よりも細く、透き通るように白くなっていたが、すでに危機的な状況は乗り越えているとの報告は受けていた。

(化粧なんてしないほうがよっぽど綺麗じゃないか)

気配を感じたのか、女性はうっすらと目を開け、しばらくぼんやりと男を見つめると、急にしっかりと覚醒し、目を大きく見開いた。

「土屋さん、生きていたの……」

「身体だけは頑丈でね、マンションの廊下から放り出されたとき、とっさに壁を蹴って、自転車置き場のトタン屋根に受け身を取って墜落し、ワンバウンドで生垣に落ちた。それでも全身打撲と右手、右足の開放骨折。本当に整形外科に縁があるよな、俺」

そう言って土屋は車椅子に座ったままお道化て、ギプスで固められた右手と右足を動かしてみせた。

和子の目から止めどなく涙が溢れ出した。

「本当に良かった。ごめんなさい。私……人殺しになっちゃった」

土屋も目を潤ませ、優しく首を横に振った。

「いいんだ。わかっている。何もかも終わったんだよ」

「本当にごめんなさい。私、何もかも駄目にしてしまいました。大切なことをみんな……謝って済むことではないですよね」

「そうじゃない。苦労したんだよ。君が、一番」

「どんな罰でも受けるつもりです。どんな刑罰でも償えないことをしてしまったから」

「そんなことないよ。俺はとっくに許しているよ」

「えっ」

土屋は柔らかな落ち着いた眼差しを和子からそらさなかった。

「だから、今度は俺のことを許してほしい。すべて決着がついたら、デートしてほしい。ずっと待っているよ。今度はどんなことがあっても、もう決してすっぽかさない」

涙で目が霞み、何も見えなくなった。

和子の左の頬に土屋の右手のギプスが軽く当たった。

エピローグ

東勇会総合病院でのこの騒動は、ＴＶや新聞で大きく報道された。

黒田逸造副院長は肝臓の損傷がひどくその場で死亡したが、誘拐及び拉致監禁、殺人未遂などの疑いで被疑者死亡として書類送検された。渋沢製薬取締役開発本部長・奥貫和俊、渋沢製薬営業本部東京支店長・大隅武志は共犯として逮捕・起訴された。渋沢製薬は奥貫を解任し、大隅を懲戒免職処分とした。

臨床試験における不正も明白となり、アルツカットの製造承認は取り消された。さらに、薬事法違反の疑いで渋沢製薬には三ヵ月間の営業停止処分が言い渡された。

騒ぎが少し落ち着いてきた九月の晩に、葛岡哲也、河本裕子、土屋慎一は新宿二丁目の『新千鳥町』という古びた看板のかかった暗い路地にある、看板のない店『アキラ』に集まっていた。

「本当に驚いたわ。あなたたちがあんな事件に巻き込まれるなんて。巻き込まれたというのかしら、事件を明るみに出したっていうのかしら。でも、お三方ともご無事で本当に良かったわよ」

アイスピックで氷を砕きながら、アキラは三人の顔を交互に見つめた。

「あなたたちが気づかなければ、あのアルツカットっていう薬、認可されて、まったく効かないのに多くのお医者さんが健康保険で処方していたってことよね。恐ろしい話だわ」

アキラはブルブルと身体を震わせた。


「土屋はこれからどうするつもり？」

乾杯のグラスを合わせてから、哲也が聞いた。

「もう、渋沢も新薬もこりごりだ。実は、医療用漢方製剤の大手製薬会社がMRを募集していて、そこに中途採用してもらえることが決まったよ」

「そりゃあ良い。おめでとう」

哲也と裕子が顔を見合わせて、目を輝かせた。

「葛岡こそどうするんだ？　レバガードの開発再開が決定したと聞いたが」

「そうなんだ。中央研究所長とレバガードの再開発チームリーダーの内示をもらったよ」

「そりゃあ良かった。本当に良かった。完全復活だね」

裕子が、少しだけ困ったような表情をつくった。

「それがね、哲也さん、どちらも断っちゃったのよ」

「どうして、そんな……」

土屋はまったく信じられないという表情で、哲也を見つめた。

「レバガードの再開発は軌道に乗っている。自分がいなくてももう大丈夫だ。そして、今回のことで本当に自分がやりたかったことがよくわかった気がしたんだ」

「さっぱり意味がわからないけど……」

「結局すべて親父だった。土屋との縁もそうだし、坂上外科部長も、研修医時代に地域医療の実習で葛岡医院に来てから、ずっと親父に師事していたらしい。そして、息子を頼むと言われていたそうだ。それが、坂上先生が東勇会総合病院に勤めた理由らしい。そして、少し前に坂上先生が会社に電話をくれた。東勇会総合病院に来るときには必ず自分にも知らせるようにってね。結局そのおかげで助かったんだ」

「なるほど……そうだったんだ」

「だから親父のようになれるかはわからないけれど、医者になろうと思った。先月、筑西大学医学部医学科への二年次からの学士入学の試験、合格をもらったよ」

土屋は心底驚いたといった表情を見せた。それを見て裕子も笑顔を見せる。

「二年次に編入っていっても、お医者さんになるまで最短でも五年はかかるわ。だから、少なくともその間は、私がしっかりと働かなくちゃね」

「いや、驚いたなんてもんじゃないよ。医者になって葛岡医院を継ぐのかい？」

「それはまだわからない。でも、親父の生き方は橋のようだったと思うんだ。立派で頑丈な、誰でも知っている橋ではなかった。研究者としての実績も、出世も捨て、淡々と片田舎で町医者を続けた。その姿はまさに沈下橋のようだ。地元の人々が生活のためにいつでも渡れる橋。川の水嵩が増せば見えなくなってしまうけれど、だからといって流されることもなく、水位が下がれば元のように誰もが渡ることのできる、生活には欠くことのできない橋だ。俺もそんな沈下橋のような医者になりたいと思っている。現代医学と漢方医学の良いところを生かして、人々に優しい医療を行える医者に。だから、漢方薬のＭＲになる土屋とはまだまだ縁が切れないな」

哲也はそう言って屈託のない笑顔を見せた。

「あらいやだ、何だか私、感動して鳥肌が立ってきちゃった。乾杯しましょう。アキラに一杯おごらせてちょうだい」

マドラーで水割りをかき混ぜながら、アキラはハンカチで目元を押さえた。

あとがき

アルツカットの開発をめぐるこのお話は、すべてフィクションです。

しかしながら、この時代の認知症の治療薬をめぐる国、及び製薬会社の動きは、このお話以上に複雑で理解しがたいものがあります。

一九八三年（昭和五十八年）、「子供の軽度精神発育遅滞に伴う意欲低下」などの効能を持つ医療用医薬品、ホパンテン酸カルシウムに、「脳梗塞後遺症、脳出血後遺症、脳動脈硬化症に伴う意欲低下、情緒障害の改善」という効能が追加され、日本初の認知症治療薬となった。

その後、一九八六年〜八八年（昭和六十一年〜六十三年）にかけて、ホパンテン酸カルシウムを対照薬とした比較臨床試験により、それと同等の有効性が認められた認知症治療薬が次々と承認された。イデベノン、塩酸インデロキサジン、塩酸ビフェメラン、プロペントフィリンなどで、これらの医薬品の販売競争は十年以上にわたり、熾烈を極めた。

一方、一九八九年（平成元年）、ホパンテン酸カルシウムは死亡例などの副作用から、劇薬指定となり、有効性と安全性のバランスの悪さから後に承認取り消しとなった。

こうなってくると、ホパンテン酸カルシウムと同等の効果があったとして承認された前述の薬剤にも疑念が生じてくる。欧米からもこれらの薬剤については効果がないのではとの批判もあり、日本の臨床試験の質や信頼性にも疑問の目が向けられた。

効果がないかもしれない薬剤に、それまでに八千五百億円以上の医療費が使われているとの経済産業省からの強い意見もあり、一九九三年（平成五年）に厚生省（当時）は前述の薬剤をプラセボ対照の二重盲検比較試験での再評価を行うよう指示を出した。

一九九八年（平成十年）、厚生省は前記の薬剤のうち四成分の二重盲検比較試験の結果を公表した。

公表された各薬剤の改善度（改善以上）は左記の通りで、プラセボ群との間に統計学的な有意差は認められなかった。

イデベノン：精神症候全般改善度、実薬群：32・4％、プラセボ群：32・8％
塩酸インデロキサジン：自発性全般改善度、実薬群：14・9％、プラセボ群：20・9％
塩酸インデロキサジン：情緒改善度、実薬群：21・6％、プラセボ群：24・9％
塩酸ビフェメラン：意欲及び情緒全般改善度、実薬群：37・5％、プラセボ群：30・8％
プロペントフィリン：精神症候全般改善度、実薬群：25・6％、プラセボ群：30・0％

まったく薬効を示さない、小麦粉と同程度の作用しかないプラセボ群でも、15％～30％の改善が見られているが、それはプラセボ効果と言われる。

疾患にもよるが、一般的に、医師から薬を処方されたという暗示だけで、症状が改善することはよく知られている。「著効」とまではいかなくても、15％～30％程度はプラセボ効果のため「改善」を示すと言われ、この再評価の試験でも同様の結果となっている。

「統計学的に有意差はなかった」どころではなく、プラセボ効果と同等、あるいはプラセボ以下の改善度しか示せなかった薬剤が、十年以上の長期にわたり処方されてきたことになる。

この結果を受け、一九九八年（平成十年）、中央薬事審議会は、三週間という短期間で承認取り消しの結論を出した。

「脳代謝剤四種、効果なし」、『効果なし』に製薬会社は『謝罪なし』」などと、新聞、TVでも大きく報道された。

一九九九年（平成十一年）一月、仙台市国民健康保険から支払われた四成分の保険給付について、仙台市長が製薬会社に対する返還請求を怠っている事実が違法であることの確認を求める住民訴訟が提訴された（仙台二次訴訟）。

同年三月、世田谷区でも、仙台と同様の住民訴訟が提訴された（東京訴訟）。


一方、厚生省は一九九八年（平成十年）に、左記の通知を発出している。

「平成十年五月十五日　医薬安全局
今回の再評価に係る四成分は、承認時において薬理効果及び医療上の有用性が認められた。それは、現在の審査で用いられている解析方法によっても検証できる。
今回の臨床試験をもって、これらの薬剤が有している薬理効果は否定されるものではないが、医療環境が次のように改善してきたことから、これらの薬剤の医療上の有用性は承認当時に比較すると低下したものと考えられる。

a．脳梗塞等において、CT、MRIの普及等による早期診断、外科療法の進歩、救命救急体制の整備等による早期治療が可能となり、治療効果が全般的に改善。

b．抗血小板薬、血管拡張薬の併用等の基礎治療の充実。

c．リハビリテーションの内容の向上や介護、看護等の療養環境の改善。」

これらの薬剤が効かなかったから承認を取り消したのではない。医療環境が改善したから不要になったのであるということである。そしてこれらの訴訟は、

二〇〇〇年（平成十二年）東京訴訟 却下判決。

二〇〇二年（平成十四年）仙台一次訴訟一審判決 請求棄却となった。

さらに、これらの薬剤を販売し続けた製薬会社各社は、承認を取り消された薬剤の回収に当たっただけで、健康保険から支払われた医療費の返還も免れた。

「認知症」は、かつては「痴呆症」と呼ばれていたが、二〇〇四年に厚生労働省の用

語検討会によって「認知症」への言い換えを求める報告がまとめられ、はじめに行政および高齢者介護分野において「痴呆（症）」の語が廃止され「認知症」と呼ばれるようになった。

医学会においても二〇〇七年頃までには「認知症」へと言い換えがなされ、「痴呆症」と呼ばれた時代の事実は忘れ去られた。

※「認知症」は、この物語の時代（一九九四年）では「痴呆症」という呼び方が一般的でしたが、現在では適切ではないため、この小説中ではすべて「認知症」という呼称に統一して記載しています。

※この小説中にＭＲが医師を接待に誘う場面がありますが、二〇一二年四月の「医療用医薬品製造業公正競争規約」改定により、「ＭＲによる医療機関との懇親のみを目的とした接待」は現在では全面的に禁止となっています。

〈著者紹介〉
金原信彦（かねはら のぶひこ）
1957年東京生まれ。明治大学卒業。製薬会社でMR（医薬情報担当者）、学術企画部門、法務・コンプライアンス部門などの業務に携わる。
自身の肥満症治療の経過をまとめた共著論文『膝関節症に防已黄耆湯、肥満症・糖尿病に防風通聖散、痤瘡・毛包炎に排膿散及湯の持重が奏効した一例』（漢方と最新治療,Vol23 No1 2014.2 p75-79. 株式会社 世論時報社）、『医師との遭遇 –ある老MRの遺言–』（2022年自費出版）などの著書がある。

沈《ちん》下《か》橋《ばし》

2025年3月24日　第1刷発行

著　者　　金原信彦
発行人　　久保田貴幸

発行元　　株式会社 幻冬舎メディアコンサルティング
〒151-0051　東京都渋谷区千駄ヶ谷4-9-7
電話　03-5411-6440（編集）

発売元　　株式会社 幻冬舎
〒151-0051　東京都渋谷区千駄ヶ谷4-9-7
電話　03-5411-6222（営業）

印刷・製本　中央精版印刷株式会社
装　丁　　稲場俊哉

ISBN 978-4-344-69225-1 C0093
幻冬舎メディアコンサルティングＨＰ
https://www.gentosha-mc.com/